騙された！

おやこ相談屋雑記帳

野口　卓

集英社文庫

目次

本書は、集英社文庫のために書き下ろされた作品です。

本文デザイン／亀谷哲也［PRESTO］

イラストレーション／中川 学

騙された！
おやこ相談屋雑記帳

主な登場人物

信吾　黒船町で「おやこ相談屋」と将棋会所「駒形」を営む
波乃　楽器商「春秋堂」の次女　信吾の妻
七五三　信吾と波乃の娘
繁　信吾の母　浅草東仲町の老舗料理屋「宮戸屋」女将
恵美　信吾の義妹（弟正吾の妻）「宮戸屋」若女将
咲江　信吾の祖母「宮戸屋」大女将
京作　本所荒井町から通う将棋客
仙太郎　天王町から通う将棋客
忠治郎　老舗畳商「備後屋」主人
権六　「マムシ」の異名を持つ岡っ引
吾一　権六の息子
照次　信吾の幼馴染
厚太郎　照次の兄
吉次郎　蠟燭商「宮古屋」主人　照次と厚太郎の父

烏がやって来た

一

信吾《しんご》は「おやッ」というふうに、思わず見直してしまった。

格子戸を開けて入って来たのが久し振りに見る顔だったこともあるが、どことなく悩んでいるような、でなければ思い迷っているような気がしたからである。屋内に入りながら相手が首を傾《かし》げたので、余計にそう感じたのかもしれない。

将棋客だが、もしかすると相談事があるのだろうか。稀《まれ》にだがそういう人もいなくはない。だとすれば常連客が姿を見せるより早い時刻に来るとか、人に見られる心配のない母屋を訪れるはずであった。

信吾はそんな思いは曖気《おくび》にも出さず、ありふれた言葉掛けをした。

「これはお珍しい、仙太郎《せんたろう》さんではありませんか」

「すっかりご無沙汰いたしまして」

「相変わらずお忙しそうですね」

「貧乏暇なしですよ」

「忙しいのは、商人《あきんど》にとってはなによりですから」

仙太郎は将棋会所のある黒船町《くろふねちょう》からは少し南に位置する天王町《てんのうちょう》で、大工や諸職人の道具類を商う鶴屋《つるや》のあるじである。十年ほどまえに父親が急死してからは、ひたすら見世を切り盛りしてきたとのことだ。

不惑の少しまえだが四十代半ばすぎに見えるのは、苦労続きだったせいかもしれない。無類の将棋好きだが、月に一度でも顔を出せればいいほうであった。十七歳になった息子が少しは仕事ができるようになったので、二、三年もすれば何日か置きに通えるだろうと、それを楽しみに仕事に励んでいるそうだ。

時の鐘が八ツ（二時）を告げてほどなく仙太郎はやって来た。顔を見せるのは午前か午後の一刻《いっとき》（約二時間）かせいぜい一刻半（約三時間）で、じっくりと楽しむだけの時間は取れないらしい。

仙太郎は室内を見廻《みまわ》したが、空いている席は信吾のまえだけである。坐《すわ》るようにうながすと仙太郎はためらいがちに従った。力量は上中下で言えば、上級の中という辺りだろう。

小僧の常吉《つねきち》が仙太郎のまえに湯呑茶碗《ゆのみぢゃわん》を置き、信吾の湯呑を新しいのと取り換えた。仙太郎から席料二十文を受け取ると、常吉はちいさくお辞儀をしてさがった。

「対局待ちの方はいらっしゃらないので、よろしければてまえがお相手いたしますが」

信吾がそう言うと仙太郎は少し迷ったふうである。席亭が対局の相手になるとは、思ってもいなかったのだろう。

「でしたら飛車か角を」

「駒落ちでなく、仙太郎さんの先番でということにしましょう。七ツ（四時）までに一刻近くありますから、腰を据えて指せますよ」

「では、それで願いましょうか。手も足も出ないと思いますけれど」

信吾と仙太郎は湯呑茶碗を手に取って口に含み、静かに下に置くと駒を並べ始めた。ほとんど同時に並べ終え、二人は静かに頭をさげた。

仙太郎が天井を見あげたのは呼吸を整えるためだったようで、顔を盤面にもどすと歩を突いて角道を空けた。信吾がおなじように角道を空けると、ためらうことなく信吾の角を獲《と》って自分の角を成りこんだ。

角を有効に活《い》かす妙手を思い付き、それを試したくて角の交換を迫ったのかもしれない。

信吾は成ったばかりの相手の角を銀で獲った。仙太郎がかすかに首を傾げたのは、信吾の指し手が意外だったからではないはずだ。なぜならその局面では大抵の者が、ためらわずにそう指すからである。

「なにか気懸りなことがありましたか」

対局中、信吾は自分から問うことはしない。それなのについ訊《き》いてしまったのは、仙太郎がわずかなあいだに二度も首を傾げたからであった。

「と申されますと」

「入って来られたときと、てまえが銀で角を獲ったときに首を傾げられましたので」

信吾がそう言うと仙太郎はまたしても首を捻《ひね》ったが、それが癖という訳ではなくて、思い出そうとしたのかもしれなかった。

「対局中に邪魔をしましたね。どうか気になさらぬように」

「え、いいえ」

信吾は交換した角を仙太郎がどのような場面で使ってくるかと、それを心に留めながら指すようにした。自分が獲った角は使わないでおこうと決めていた。仙太郎が言ったように、角か飛車を落としても負ける相手ではないからだ。

「あッ、でしたら烏《からす》ですよ」

自分が首を捻った理由に思い至ったらしいが、原因が烏だったとなると、一体どういうことなのだと好奇心を搔《か》き立てられた。

「烏ですって。烏とおっしゃると、あのカアカアと啼《な》く、黒い色をした」

「ええ、ごく稀に白いのもいるそうですが」

仙太郎がそう言ったとき、横から割りこんだ者がいた。

「唐土《もろこし》では赤鴉《せきあ》と言って、三本足の赤い鳥がお天道《てんと》さまの中にいるとのことだ。赤鴉とはお天道さまのことでもあるらしいがな。日輪ということは神に等しいということで、となると烏は神ということになるのではないか」

物識《ものし》りを自認している島造《しまぞう》であったが、信吾は聞き流した。仙太郎が首を傾げたのが烏に関してだとなれば、羽の色がどうのこうのよりも、その理由を知りたかったからである。

信吾は仙太郎に訊いた。

「一体どういうことなのでしょう」

「でしたら烏ですと言われても、それだけではいかに読みの鋭い席亭さんでも訳がわかりませんよね」と笑ってから、仙太郎は真顔になった。「てまえが格子戸に手を掛けたとき烏が啼いたので、驚いて見あげると、まえの家の屋根に烏が二羽いたのですよ」

「烏は将棋会所や母屋の庭には来ませんけれど、啼きながら飛ぶことはありますし、屋根の上でもときどき啼いていますね」

仙太郎が苦笑したのは、信吾が言ったことが的外れだったからだろう。

「烏は普通カアカアと二声啼きますが、屋根の烏は四声啼きましてね」

そう言われても、信吾にはどういう意味なのかがわからない。

「啼き声は二声と決まっている訳ではないでしょう。一声とか三声のこともありますから」

「二羽が四声啼いたのです。しかも二回繰り返して」

ますます訳がわからない。なにを言いたいのか見当も付かないので、信吾は首を傾げるしかなかった。

「縁起担ぎの言い伝えではないですか」と話に加わったのは、将棋会所の家主である甚《じん》兵衛《べえ》である。「仙太郎さんは生まれも育ちも浅草《あさくさ》ですが、お父さまはたしか上野《こうずけ》か下野《しもつけ》のご出身でしたよね」

「前橋《まえばし》の元総社村《もとそうじやむら》ですが、それがなにか」

「あの辺りでは二羽が四声とか、四羽が二声、あるいは四声啼いてから二声啼くと験《げん》が悪い、などの言い伝えがあるのではないかと思いまして」

そこに至って信吾はピンと来たが、将棋客たちの多くはわからなかったようだ。甚兵衛が説明した。

「一口烏《ひとくちがらす》と言って、烏が一声だけ啼けば、人が死ぬとか葬式が出るという所もあるようです。佐渡《さど》では四声啼いてから二声啼くと、四二烏《しにがらす》だから縁起が悪いと言っているそうですが」

「あッ、ああ。四と二で死に、ですか」

頓狂な声を出したのは、そそっかしいところのある楽隠居の三五郎《さんごろう》である。その粗忽《そこつ》者《もの》に甚兵衛は言った。

「四声と二声を二度繰り返すと、死に死にとなりますからね。ただの語呂合わせでしょうけど、二羽が四声、それも二度繰り返せば、仙太郎さんが気にして当然だと思いますよ」

「二羽が四声とか四羽が二声、しかも繰り返すと不吉だと、死んだ父から聞いていましたからね。将棋会所に入ろうと思ったら烏に啼かれたでしょう。今日はボロ負けするから、諦めて帰ったほうがいいと言われた気がしたのですが。だからどうすべきか迷って、首を傾げたのかもしれません」

「そう言えば、烏には悪い言い伝えが多いですね。夜烏は火事の兆《きざし》とか、飼っている烏が夜中に啼き出すと、その家にかならず不祥事があるとか」

客の一人が思い出したというふうに話すと、客たちが次々と口にした。

「烏がやかましく啼くと、かわき病《やまい》になると聞きましたよ。口の中がやたらと渇くのは、臓腑《ぞうふ》のどこかが悪いからでしょうけれど」

「髪の毛を烏が咥《くわ》えて持って行くと、その人は気がふれて早く死ぬそうです」

「夜中に烏が啼くと盗人《ぬすっと》が入ると、親類の爺《じい》さんが言っておりましたけれど」

「烏は色が黒いし声も悪いので、どうしても悪く取ってしまうのでしょうね」

「急病人とか長患いの病人の具合が悪くなりゃ、亡くなる数日まえから人の往《ゆ》き来《き》が多くなるからな」と、島造が決め付けるように言った。「医者や見舞客が出入りする。そして亡くなると葬儀に人が集まるし、しばらくのあいだは墓にお供えが途切れることがない。残飯が捨てられることもあろう。烏はそれを知っておるから、不幸が起きる家の周りに集まるようになるのだ。夜啼きもするから、人は不吉を予言する鳥だと気味悪く思うのではないのか」


そうかもしれないが、島造の露骨な言い方にだれもが不快な顔になるのがわかった。

「仙太郎さん、続けましょうか」と、信吾は盤上に目をやった。「久し振りに指しに見えたのに、雑談で貴重なひとときを潰しては申し訳ないですし」

「ですが、烏の啼き声のこととなりますと、気になりますから」と言って、仙太郎は客たちを見廻した。「甚兵衛さんのおっしゃったとおり、父の田舎では縁起の悪い鳥だとされています。やはり烏に関しては、悪い話ばかりなのでしょうかね」

「そんなことはない」と、またしても島造であった。「八咫烏《やたがらす》は熊野《くまの》の神の使いとされておる。起請文《きしょうもん》を書いた人なら牛王神符《ごおうしんぷ》、牛王札《ごおうふだ》とも言うが、それにびっしりと烏が刷りこまれているのを憶《おぼ》えておられよう。この札に起請を書いて取り交わし、もしも偽れば熊野で烏が三羽死ぬ、と言われておる」

「たしか近松門左衛門《ちかまつもんざえもん》の『心中天の網島《あみじま》』に」と、桝屋良作《ますやりょうさく》が言った。「牛王の裏に誓紙一枚書くたびに、熊野の烏がお山にて、三羽ずつ死ぬと昔よりいい伝えしが、とありましたね」

「さすが桝屋さんはよくご存じですな」

持ちあげはしたが、島造のことだからそれだけですむはずがない。

「神武《じんむ》天皇が東征した折、道案内を務めたのがその八咫烏であったそうだ」

甚兵衛と桝屋良作、それと二、三人の客にはわかったようだが、あとの者はまるでわからないという顔をしている。信吾もなにかで読んだ記憶はあったが、内容については曖昧であった。

二

島造の解説によるとこういうことらしい。

瀬戸《せと》の内海《うちうみ》から難波《なにわ》に攻め入った神武天皇は、手痛く敗北を喫した。太陽は東から昇って西へと進む。天照大神《あまてらすおおみかみ》は太陽の化身とされているが、その子孫である自分たちは、西から東へと陽《ひ》に向かって進んではならない。陽を背にして東から西へ攻め入るべきだと考えた。

そこで八咫烏の案内により、おおきく迂回《うかい》して紀州《きしゅう》より攻め入ったと言われている。吉野《よしの》を経て橿原《かしはら》に行き、大和《やまと》に朝廷を開くことができたのである。

さようですか、と言うしかない。信吾だけでなくその場の人たちに関心があるのは、仙太郎の話した鳥の啼き声であった。

「そう言えば」と、信吾は物識り島造に訊いた。「唐土の赤鴉は三本足だとおっしゃいましたが、八咫烏もたしか三本足でしたね」

「さよう。三本足と言われておる」

「だからだったんですね」

信吾がそう言うと島造は怪訝《けげん》な顔になった。

「八咫烏はなんとなくこの邦《くに》のものらしくないと思っていたのですが、その訳がわかりましたよ。唐土の赤鴉を持ちこんでこちらの話に組み入れたため、どうにもちぐはぐになってしまったのだと思います」

「席亭さんのおっしゃったことは、てまえもそんなふうに感じておりました」と、甚兵衛が言った。「こちらの風土にあわないとなると、納得できます。烏も八咫烏のように羽根の色が赤ければ、あるいは啼き声が耳に心地よければ好かれるかもしれませんが」

「黒いし、啼き声が悪いですからね」

「おなじように人の身近にいても、雀《すずめ》や鳩《はと》のような可愛《かわい》らしさがない。図体《ずうたい》がでかいというより、でかすぎますから」

「あたしは烏に、うしろから頭を蹴られたことがありますよ。ともかくやつらは乱暴でしたが」と言ったのは、小間物屋の隠居平吉《へいきち》であった。「担ぎ商いをしていたころのことでね」

「それは近くに烏が巣を架けて雛《ひな》を育てていたのに、気が付かなかったからではないですか。巣の近くを人や獣《けもの》が通ると、追い払おうとしますからね。人相が悪ければ目の敵《かたき》にするそうですよ」

「桝屋さんのことですから、悪気はないのでしょうが」と、平吉は苦笑した。「その言い方ですと、あたしは人相が悪いってことになりゃしませんか」

「そうなりますかね」

桝屋良作のお惚《とぼ》けに座は爆笑となった。

「それにしても烏は、色が黒い、声が悪いというだけで、散々な言われようですね」

そう言ったのは仙太郎より多くはあっても、月に二、三回ほどしか会所に通えない京《きょう》作《さく》であった。本所《ほんじょ》の荒井町《あらいちょう》から杖《つえ》を頼りに通っているのと、傘寿に近いこともあって、それが精一杯なのだろう。

「えらく烏に同情されますね、京作さん」

年上だから遠慮したのだろうが、甚兵衛の言葉にはわずかに皮肉が感じられた。

「そういう訳ではありませんが、人に善人と悪人がいるように、烏も一羽一羽みんなちがいますから、十把《じっぱ》一絡《ひとから》げにしちゃ可哀想《かわいそう》だと思いまして」

「もしかすると、娘烏に言い寄られたんじゃないでしょうね。若いころ京作さんは、娘っ子を散々泣かせたんじゃないですか」

「ははは、年寄りをからかうものじゃありませんよ」

甚兵衛に対して年寄りをからかうものではないと言えるのは、将棋客の中では京作くらいなものだろう。

「ですが、そうおっしゃるからには、馴染《なじみ》の烏からなにかと教えられたとか、あれこれと感じられたことがあるのではないですか」

信吾の言葉に京作はなにかを言い掛けたが、すぐにその顔は笑いに閉ざされた。

「犬や猫とは、心が通う気がしたことがありますが」

「烏と気持が通うことがあっても、いいと思いますけれど」

信吾がそう言うと京作はうなずいたが、烏に後頭部を蹴られた平吉が水を差した。

「だけど烏は、犬や猫とはちがって鳥だからなあ」

「そうおっしゃいますが、平吉さん。おなじように黒くてカアカアと啼いている烏に、二種類あるのはご存じでしょうか」

そう訊いたのは下谷《した》車坂町《やくるまざかちょう》で、各種袋物を扱っている桔梗屋《ききょうや》の次男吉蔵《きちぞう》であった。

「烏は烏でしょうが。どれもおなじ顔をして、ゴミ入れを喰《く》い散らかす厄介者だ」

平吉が知らないことは予想していたらしく、吉蔵は信吾に訊いた。

「席亭さんなら、もしかして」

「ハシブトとハシボソですね。ハシブトは嘴《くちばし》の幅が広くてハシボソは狭いと、それくらいしかわかりませんけれど」

「さすが席亭さんです」と言って、吉蔵は客たちを見廻した。「根岸《ねぎし》にある祖父の隠居所に、女狐《めぎつね》が住み着いて仔《こ》を産んだことがありました。狐は見たことがないので見せてほしいと、席亭さんが隠居所に来られたのですが」

見たことがないと言いながら、信吾は狐の仔育てとか習性のことなど、吉蔵の祖父の吉右衛門《きちえもん》が驚くくらい識っていたのである。

「いや、人に聞いたり本で読んだりしたことの寄せ集めですから」

照れた信吾は耳学問だから実際の役には立たないと、あわて気味に弁解した。そんな信吾を横目で見ながら、吉蔵は集まった将棋客たちに言った。

「何度か隠居所に来られたのですが、長いあいだ狐の母仔をご覧になってましてね。わたしと祖父は先に呑《の》み始めていたのですが、席亭さんはかなり長く、狐の母仔の傍におられましたよ。もしかすると狐と話しているのではないかと、そんな気がしたほどです」

信吾が根岸の隠居所を訪れたことを知っている常連客もいたが、だれもが吉蔵の話をおもしろがって聞いていた。仙太郎と京作は初めて知ったからだろう、とても驚いたようである。

「吉蔵さんとご隠居さんが、わたしを待ってくれているのはわかっていました。ですが二間（約三・六メートル）ほどの間近で狐を見ることなんて、まずできませんからね。それに赤茶色の毛がきれいだし、耳がびっくりするくらいおおきいのですよ。あッ、それより人も犬もそうですが、動物の目は円《まる》いでしょう。ところが狐の目は明るい所では円いのに、薄暗いと猫のように縦長に細く狭くなりましてね。思ってもいなかったので驚きました。ともかく滅多に見られるものじゃないですから、ついつい見惚《みと》れてしまいまして」

「烏に二種類あると聞いて驚いたのですが」と、京作が言った。「吉蔵さん、できればもう少し詳しく教えてもらえませんかね」

吉蔵は説明するよう信吾をうながしたが、首を振るしかない。

「わたしはハシブトのほうが嘴の幅が広いのと、体がハシボソよりひと廻りおおきいというくらいしか知りませんでね」

「てまえも席亭さんとほとんど変わりませんが、少しだけ付け足します」と、吉蔵は遠慮がちに言った。「ハシブトもハシボソも、人家の近くかその周辺で暮らしています。人の近くにいると、食べ物が手に入れやすいからでしょうね。ところが餌の奪いあいとなると、体がちいさいハシボソはハシブトの敵ではありません。喧嘩《けんか》に負けて、村や町の中心部から追い出されてしまいました。ですから町中で見掛けるのは、ほとんどがハシブトガラスとなったのでしょう」

「するとハシボソはどこに」

京作は、やけに烏に執着しているようだ。

「河川敷、つまり川の流れに沿った平地ですね。それから河岸の段丘、少し郊外の草地なんかを生活の場にしているようです。ハシブトは何十羽もの群れになることがありますが、ハシボソは身内だけの数羽から十羽前後が多いようですよ」

「それにしても、本日は烏についていろいろと知ることができました。裏返せば身近にいながら、わたしたちは烏についてほとんど知らなかったということですね」

長老格の桝屋良作がそう言うのと同時に、金龍山浅草寺弁天山《きんりゆうざんせんそうじべんてんやま》の時の鐘が七ツを告げた。将棋客のほとんどが浅草界隈《かいわい》の住人なので、鐘の音を合図に家路を目指す。暗くなるまえに食事をすませ、早々に寝に就くのである。

夜なべ仕事をするとき以外は、油代がもったいないので行灯《あんどん》や手燭《てしよく》は使わない。高価な蠟燭《ろうそく》は、一般の家では特別なとき以外には灯《とも》さなかった。

仙太郎が帰り仕度を始めたので、信吾は小僧の常吉を呼び付けた。

「仙太郎さんに席料をお返しなさい。十数手指しただけなのに、いただくって訳にいかないからね」

「いえ、てまえが勝手に烏の話を聞きたかっただけですから」

「わたしから対局を持ち掛けた以上、そうもまいりません」

遣《や》り取《と》りしているうちに常吉がもどった。

「はい」と、常吉は仙太郎に席料二十文を返した。「またのお越しをお待ちしておりますので」

仙太郎は苦笑しながら受け取るしかなかった。

客が帰ると、信吾と常吉は将棋盤と駒の手入れを始めた。きれいに拭き浄《きよ》め、駒の欠けがないかどうかを確認するのだ。

「精が出ますな」

庭で声がしたので顔をあげると、杖を突いた京作老人であった。帰ったと思っていたが、引き返してきたか近くで時間を潰していたらしい。となると信吾に話があるということだろう。

「なるほど、そこまで気を遣っていただいているので、てまえどもは安心して将棋を指せる訳ですね」

「ところで京作さん、なにかお忘れ物でしょうか。気が付かねばならないのに、どうも失礼いたしました」

「いや、そうではありません」と言ってから、京作は間を取った。「席亭さんは、吉蔵さんのお祖父さんの隠居所に、狐の母仔を見に行かれたそうですが」

先ほど話題になったばかりなのでうなずくと、京作は言いにくそうに切り出した。

「鳥はご覧になりたくありませんか」

「そりゃ見たいですが。……すると、京作さんが飼ってらっしゃるのですね」

「事情があって世話をしていまして」

「でしたら是非見せてください」

信吾にそれを言いたくて、引き返してきたのだとわかった。鳥を飼っていると言おうとしたら、甚兵衛に軽く皮肉られたので言いそびれたのだろう。

「鳥は朝が早いですが、席亭さんは大丈夫ですか。刻《とき》を告げる一番鶏《いちばんどり》にはかないませんが、それでも七ツ半（五時）ごろには活動を始めていますけれど」

「伺います。どんなに早くても。それに仕事を始めるまえにもどれるでしょうから、早いほうが好都合です。場合によっては夜を徹してでも」

「そこまでむりをなさることはありませんが、時間のできたときにでもいらしてください」

「どうせなら、鳥どのの起き抜けの顔を見たいです」

「鳥どのはよかったですね。でしたら明日はいかがでしょう」

「いいですね」

「てまえの住まいは本所の荒井町です」

京作は吾妻橋《あづまばし》を渡ってから、自分の住まいまでの道順を教えた。荒井町は区画が何ヶ所にも分散しているので、わかりにくいからである。

「では七ツ半に伺いますので」

「お待ちしております」

言い残すと京作老人は姿を消した。

三

「まさか本当にお見えになるとは、思っていませんでしたよ、席亭さん。なにしろ明るくなりかけたばかりですからね」

離れ座敷の濡縁《ぬれえん》に坐っていた京作は、信吾を見るなりそう言って立ちあがった。言葉とは裏腹に待ち受けていたのがわかる。

「ではまず、てまえが鳥を世話することになった経緯《いきさつ》を、聞いていただきましょうか」

「はい。でもそのまえに鳥に会わせてくださいませんか。人も生き物も出会いが肝腎で、最初の出会いですべてが決まることもあります。互いが相手のことをなにも知らぬうちに、顔をあわせるのが一番ですから」

都合のいいことに、京作は世話していることと、鳥は早起きで七ツ半には活動を始めていると言ったきりであった。信吾が会いに来ると問わず語りで話したかもしれないが、鳥に人の言葉は通じない。もしわかったとしてもせいぜいそこまでで、互いが相手を知らないことに変わりはなかった。

それよりも信吾は、鳥と話せるかもしれないと期待していた。いや、これまでの生き物との遣り取りからして、まちがいなく話せるはずであった。

信吾の言葉に京作はうなずくと、先に立って歩き始めた。おおきめの鳥籠に飼っているのだろうかと思ったが、離れ座敷に接して鳥小屋が作られていたのである。小鳥ならともかく、やはり鳥に籠は窮屈だからだろう。小屋には筵《むしろ》が掛けられていたが、京作の気配を感じたからか、鳥がくぐもった声を出した。

小屋は縦横と高さが、それぞれ四尺（約一二〇センチメートル）ほどのおおきさであった。天井と奥、そして床が板で、左右と前方は径が一寸（約三センチメートル）ぐらいの、丸竹が等間隔に立てられていた。風通しが良くて、周囲を見渡せるようにとの配慮だろうか。

小屋は前方の左側七寸（約二一センチメートル）ほどが、引いて開けられる出入り口となっている。右横の下に、餌皿や飲み水の鉢を出し入れできる隙間が作られていた。

京作が筵をめくると、鳥が緊張した面持ちで信吾を見た。女の人の艶やかな髪を鳥の濡羽色《ぬればいろ》と言うが、全身が漆黒で艶々と輝いている。

頭から尾羽まで一尺八、九寸（五四〜五七センチメートル）ぐらいだろうが、間近で見るせいか実におおきく感じられた。幅が広くて先端の鋭く尖《とが》った嘴は、不気味で恐ろしいくらいだ。

「随分とおおきいんですね、近くで見ると」

「羽根の生え揃《そろ》わない雛の時分から飼っていますが、ひと月ほどでこのおおきさになりましたから」

烏は右の翼のうしろ半分が、だらりと垂れさがっていた。信吾は生まれて間もない雛を、京作がどのようにして手に入れたかの見当が付いた。

「名前は付けてやりましたか」

「カア助《すけ》にしました。生き物と親しくなるには、それが一番だそうですから」

「カア助とは、なんとも芸のない名付け方ですが」

「いえ、いかにも烏らしい名前だと思います。その名からすると、巣から落ちて翼の骨を折ってよろよろしているのを、京作さんが助けて抱きあげたときカアと啼いたようですね」

京作は驚き顔になって、信吾をまじまじと見た。

「ちらりと見ただけで、そこまでおわかりとはさすがです」

「となると頭を蹴られた平吉さんではないですが、カア助の親鳥に散々脅されたのではないですか」

「そうなんですよ。翼の骨が折れて飛べないのだから、巣にもどしてやっても、おまえたちにちゃんと育てられる訳がない。あたしが世話をするから安心して任せなさいと、そう言ったんですけどね」

ときどき「カア助」という言葉が混じるので、自分のことが話題になっているのはわかるようだ。しかし内容までは理解できないらしく、カア助は不安そうに二人を見あげて目を瞬《しばたた》かせた。

そのとき信吾は気付いたのだが、烏には白目がないのである。だからかもしれないが、顔全体が真っ黒に見えた。烏の字が鳥より一本線が少ないのは、白目がないためかもしれない、と思ったほどである。

信吾は京作に言った。

「しかし親鳥には、言われたことはわかりませんから」

「ええ。ギャアギャア啼き喚《わめ》きながら、徹底的に攻め立てられましてね。うしろからだけでなくまえからも横からも、さらに上からも蹴られました」

相手は親鳥二羽だけでなく前年とそのまえの年に孵《かえ》った若鳥も、いっしょに襲い掛かるのでたまったものではない。雛を守ろうと必死だから、京作には防ぎようがないのである。

「しかも着物に糞《ふん》をされましてね。烏の糞は大小の区別がなく、尿といっしょなので、乾くと白いのが固くこびり付いてしまいます。洗う者の身にもなってくださいと、息子の嫁に嫌味を言われましたよ」

「で、どうなさいました」

「てまえが敵ではなくて、味方だってことをわかってもらわなければなりませんが」

「言うは易《やす》く行うは難し、ですね」

「まさにそのとおり。わかってもらうのは、並大抵ではありませんでした」

「どうなさいましたか」

「どうしたと思われます」

わからないから訊いたのに問い返されてしまったので、信吾はない知恵を絞って懸命に考えた。

「わたしが京作さんだったら、こうすると思いますけれど」

「お聞かせ願いましょう」

「翼の骨が折れていたら大人の鳥でも飛べないのに、ましてや雛ですからね。よたよたではあっても歩きますので、そのままにしておけば犬や猫に襲われます。足を紐《ひも》で縛って庭木の幹やおおきな石にでも結んでおけば逃げられませんが、犬猫にねらわれることに関してはおなじです。ですから鳥小屋を作るしかないでしょう」

「ですが怒り狂った親鳥は、攻撃の手を弛《ゆる》めませんよ」

「落ち着かせなくてはなりませんね。そのためには雛を絶対に殺す気がないことを、示さなくてはなりません」

「親にわからせることができますか、席亭さんだったら」

「わたしが京作さんなら、親鳥の見ているまえで雛に餌をやりますね。そのとき庭の少し離れた所に、おなじ餌を親のために投げてやります。空腹であれば食べるかもしれませんが、食べなくてもそのころには警戒心は大幅に薄まっているはずです」

京作が「敵ではなく、味方だってことをわかってもらわなければ」と言ったのを、信吾は思い出したのである。京作の顔が柔らかくなったような気がしたが、口を衝《つ》いたのは鋭い問いであった。

「一時しのぎにはなるでしょうが、鳥小屋はすぐには作れないでしょう。その間ずっと親鳥の攻撃に晒《さら》されますよ」

難問だが、そのとき信吾は狐の母仔のことを思い出した。母親は野良犬、それに鷹《たか》などの猛禽《もうきん》から守るため、絶えず移動して仔を敵から隠すとのことであった。

「親鳥は京作さんが雛を保護しているなんて、思ってもいません。捕らわれている雛を見るから騒ぐのです。だから見せなければいいのですよ」

となれば、どうすればいいかはすぐに思い付くことができた。

箱でも籠でもいいので雛を入れて、風呂敷かそれに類したもので被《おお》ってしまえばいい。鳥は暗い所では目が見えないので、静かにしているはずだ。親鳥もしばらくは騒ぐかもしれないが、雛の姿が見えなくなれば諦めるしかないだろう。

「雛が気になってならない親鳥は、ときどきようすを見に来るはずです。いなければ騒ぐので、鳥小屋はなるべく早く作る必要がありますね」

設置する場所は親鳥から見える所でなければ意味がないので、庭の片隅がいいだろう。だから京作が、離れ座敷に接して作ったのは正解であった。

「鳥小屋が完成すれば雛を入れますが、親鳥が見ているときでなければ意味がありません。箱か籠から出した雛を小屋に入れて、出入り口は開け放っておくのです。雛は小屋を出ても逃げはしません。なぜなら餌をくれた人を警戒しないですからね。それに親たちは、翼の骨を折った雛だけにかまっていられませんから」

「どういうことでしょう」

「巣にはまだ二羽か三羽の雛がいるはずで、しかも腹を空《す》かせています。雛は大量に喰いますからね。黄色い嘴を一杯に開けて催促すると、親は餌を運ぶしかないそうです。喰って糞して眠る。雛がすることはそれだけで、そうやってぐんぐん育つのです。およそ一ヶ月で巣立ちし、その後しばらく親仔兄弟ですごして、餌の獲り方などを学んでから独立します。若い烏ばかりで群れになって三年経《た》てば、相手を選んで番《つがい》になり、縄張りを構えて巣を作るのです」

「席亭さんは、烏を飼われたことはないのでしょう」

「これほど近くから見たこともありませんから、朝早く起きて見せてもらったのですよ」

「てまえがカア助の世話を始めて、一年と少しになります。それだけ掛かってやっとわかったことを、今日いらしてわずかな時間見ただけで、読み解いてしまうのですからね。特別な人だとは思っておりましたが、ここまでだとは考えもしませんでしたよ」

「いや、なんでもおもしろがって、知りたがっているだけですけど。子供っぽいということではないですか」

「昨日、会所で烏が話題になったとき、犬や猫とは心が通う気がしたことがあるとてまえが言うと、席亭さんはこうおっしゃった。烏と気持が通うことがあってもいいと思いますけど、と」

「思ったことを口にしただけですが」

「吉蔵さんの話では、根岸の隠居所に狐が棲《す》み付いたとき、見に行かれたそうですね」

「だって生きた狐を、すぐ近くで見たことなどなかったですから」

「そのとき長いあいだ狐の傍にいたのは、狐と話ができるからではないか、つまり話していたにちがいないと、吉蔵さんはそう言っておりましたでしょう」

「ついつい見惚れ、ときが経つのを忘れていただけです」

「それで、てまえが鳥の世話をしていると話したら、七ツ半という早い時刻に、黒船町から川を隔てた本所の荒井町までやって来たのですから」

「まともじゃないですかね」

「とてもまともとは言えません」

――いつまでだらだらと話してんだよ。こっちは腹が減って、目が廻りそうだぜ。

――すまない。つい話に夢中になって。

催促されたからには、相手が鳥だからといってそのままにしてはおけない。

「京作さん。わたしがまともじゃないことはよくわかりましたが、それよりカア助がお腹《なか》を空かしたって顔をしてませんか」

「いけない。うっかりしておりました。では餌を作るとしましょう。起き抜けのカア助の顔を見たいと席亭さんがおっしゃったので、これ幸いと来ていただきました。実は席亭さんがどれくらい風変わりな方かを、自分でたしかめたかったのですよ」

「わたしも自分がまともじゃないとは薄々感じていましたが、京作さんに言われてやはりそうだったのだとわかりました」

言いながら信吾は思わず笑ってしまった。

「将棋会所と相談屋をやってらっしゃるので時間は取れないでしょうが、本所に来ることがあったら、ぜひカア助に顔を見せてやってくださいよ。臆病で人見知りの激しいカア助が、こんなに当たりまえにしていられるのは、席亭さんが初めてです。これまではてまえのほかには近付こうとしませんでした。倅《せがれ》や嫁、孫からも逃げていましたから」

——てことだから、今度ゆっくりおいでよ。おれもあんたと話したいから。

——ああ、そうするよ。そう言えばせっかく会えたのに、ほとんど話らしい話をしなかったものな。

「それにしても京作さん。たいへんなことですね。翼の骨が折れて飛べないということは、自分で餌を獲れないのだから、京作さんが生涯世話をしなければならないということでしょう」

「巣から落ちてもがいているところに行き当たったのですから、宿縁だと思っております。てまえが手を差し伸べてやらなければ、生きていけないのがわかりましたから、となれば素通りできませんでしたもの。それよりも」

言い掛けて京作が口を噤《つぐ》んだので、信吾は思わず顔を見てしまった。

「ただ一つ気懸りなのは、てまえの死んだときのことでしてね」

「そんな」

思わず口にしたがあとが続けられなかった。

「老い先短い身ですから」

「まだまだお元気じゃないですか」

「今はなんとかね。しかし、いつどうなるかわかったものじゃない」

「どなたか、例えばお家《うち》の方、息子さんとかお孫さんに頼むとか」

「ギャアギャアと啼いてうるさいとか、糞をすぐ始末しないと厭《いや》な臭いがするとか、絶えず文句を言っておりますよ。閉口してるくらいだから世話する気はないだろうし、第一できゃしないでしょう」

　京作が自分に声を掛けて烏のカア助を見に来るように誘ったのには、そういう意味もあったのだなと信吾はふとそう思った。

「もしも、もしもですよ。どうしようもなくなったら、わたしに声を掛けてください。できるかぎりのことはしますから」

「いや、そうもいきませんよ。迷惑をお掛けするなんて」

「もっともなにも知らないので、カア助の食べ物のこととか、世話の仕方を教えてもらわなければなりませんけれど」

「餌のことならなんの心配もいりません。人の食べる物ならなんだって食べますし、特別に与えなければならないものもありませんからね」

「だったら問題ないじゃないですか。これからもときどき寄せてもらいますよ」

浅草寺弁天山の時の鐘が、余韻嫋々《じょうじょう》と朝の六ツ（六時）を告げた。仕事のまえにしなければならないことがあるのでと、信吾は京作にカア助を見せてもらった礼を言って辞した。

荒井町の家を出た信吾は黒船町に帰る道すがら、京作とカア助のことを考えずにいられなかった。ほんの少しではあったが話もしたのだ。あのときのカア助の瞳が、頻《しき》りとなにかを訴えていたという気がしてならない。

四

信吾が黒船町にもどったのは、六ツ半（七時）に近い時刻であった。

将棋会所の庭では、常吉が棒術の連続技の鍛錬を終えたところである。木刀の素振りはむりでも鎖双棍《くさりそうこん》のブン廻しはやりたかったが、波乃《なみの》が朝食の準備を終えたので諦めるしかない。

常吉が庭に大盥《おおだらい》を出して桶《おけ》で汲《く》んだ水を満たし、体を拭き浄めている。信吾は宮戸《みやと》川《がわ》を越えて本所の荒井町まで往復したし、帰りは早足だったのでかなり汗を掻いていた。常吉が体を拭いているあいだに桶で汲んだ水を運び、終わると水を入れ替えて念入りに体を浄めた。

自分の箱膳のまえに坐ると、信吾と波乃、そして常吉の三人は、顔のまえで両掌《りょうて》をあわせて「いただきます」と唱えた。おかずは焼いた秋刀魚《さんま》と花茗荷《はなみょうが》の酢漬けであった。それに味噌汁《みそしる》と漬物と質素だが、秋らしさが十分に楽しめたのである。

最初にご飯のお代わりをしたのは常吉であった。

「よく噛《か》んで食べるのですよ、常吉」と山盛りにした茶碗を渡してから、波乃は信吾に訊いた。「起き抜けの烏って、どんな顔をしていましたか」

「お代わりした飯茶碗を受け取ったときの、常吉のような顔だと言えばわかるかな」

思い掛けず自分の名が出たので驚いたようだが、すぐに夫婦間の冗談だと気付いたらしく、常吉は黙々と食べ続けている。

「却《かえ》ってわからなくなりました」

「だって波乃が無茶な訊き方をするのだもの。初めて見た烏の顔が、起き抜けだから普段とどうちがうかなんて、答えようがないじゃないか」

波乃は「いけない」とでも言うふうに、ぺろりと舌を出した。

「だったら、どんなふうに感じたかを教えてくださいな」

「ともかく、あんなに驚いたことはなかったよ。なにしろ烏の顔を、近くでまじまじと見たのは初めてだからね。まさかと思ったよ。だって烏には白目がないんだ」

「白目がないということは、どういうことなんでしょう」

「どうも、ただ真っ黒なのさ。だから烏が三白眼にならないことは、自信を持って言えるね」

波乃が目をぱちくりさせたのは、当たりまえのことを信吾がもったいぶった言い方をしたからだろう。

「だけど、白目がないって」

「だから黒目ばっかりってことだよ。目は真っ黒だし、頭は黒くて短い毛で被われている。嘴は濃い灰色だ。盛りあがったおでこには、細かな黒い毛がびっしり生えているから、真っ黒としか言いようがないんだよ。しかも目はキラキラ輝いている。名前はカア助というんだけど、話し掛けたり名前を呼んだりしなくても、ときどき首を傾げてね。するると考え事をしてるようで、とても思慮深くて利口そうに見えるんだよ。いや、烏は鳥の中では飛び抜けて賢いそうだ。そういうところは常吉にそっくりだな」

「烏なんかといっしょにしないでください」

不服そうに常吉は頬を膨らませた。気分を害したこともあるのだろうが、口いっぱいに食べ物を頬張っているからのようだ。

「カア助は可哀想に飛べなくてね」

「あら、なぜですか」

「雛のときに巣から落ちて右の翼の骨を折ったらしく、今でもだらりと垂らしたままなんだ。そのときすぐに手当てをすれば治ったかもしれないけれど、折れた翼の骨を繋《つな》ぐなんて、簡単にできることではないからね」

信吾は京作から聞いた、カア助を世話することになった経緯を話した。

なんとか雛を助けなければとの親鳥の執拗《しつよう》な攻撃にはしんみりとなったし、京作がどのような思いで小屋を作ったのかということや、すべてを親鳥に見せながらおこなったことなどには感心していた。

ところが聞き終わると黙ってしまったのである。一体どうしたのだろうと訝《いぶか》っていると、やがてポツリと言った。

「京作さんはかなりのお齢《とし》なんでしょう」

「傘寿くらいだと思う。たしかめた訳ではないけれど」

「そうしますと、カア助の面倒を見続けることは難しいですね。ご家族の皆さんがとても厭がってるとなると、このあとが心配だわ」

「だったらカア助を引き取ろうか。世話はわたしがやるよ」

「だって相談屋と将棋会所のお仕事が」

「朝晩の餌と、暇ができたときに運動をさせるくらいだもの」

「餌でしたら、七五三《しめ》をおんぶしてあたしがやれますけど」

ありがたい提案で、だったらと信吾は打ち明けた。

「実はどうしようもなくなったら、わたしに声を掛けてくださいと言ったんだよ。京作さんはご高齢だから、なにかあった場合にカア助がどうなるかとても心配していたからね。言うと同時にまずいと思った。なにかあった場合ってのは、大病になるとか亡くなるときってことだから、待っているようだろう。だけどどうせ引き取るのなら、お元気なうちに早めにと持ち掛けることはできると思う」

「うーん」

思わずというふうに呻《うめ》き声《ごえ》をあげた波乃に、信吾は言った。

「だけど今の京作さんにとって、十日か半月に一度将棋会所に来ることと、カア助を世話することだけが生き甲斐《がい》かもしれないからね。その片方を奪ったら、ガックリきてポックリってことになりかねない」

「そんな。いくらなんでもひどすぎませんか、信吾さん」

冗談っぽく言ったつもりだが、人の生死《いきしに》に関わることだけに、波乃は不謹慎と取ったようだ。

「やはり亡くなるのを待っておりますと、取られかねないか」

少し間があって波乃が言った。

「鳥の啼き声っておおきいですよね」

「おおきい。体がおおきいだけに、鳥の中でも一、二を争うだろう」

「京作さんのお住まいは広いですか」

「相当に広いよ。庭には池が設《しつら》えられていたけど、将棋会所の池がオタマジャクシだとすると、あちらの池はまるで大鯰《おおなまず》だな。京作さんの離れだけでも何部屋もあって、ここより広いかもしれない」

「だったらカア助が大声で啼いても、苦情は出ないかもしれませんけど」

「そうか、ここは借家で狭いものな。ご近所に筒抜けだ」

「お近くだけでなく将棋会所のお客さんにだって、烏の啼き声は不吉だって厭がる人もいるでしょうから」

「やはりこの家でカア助を飼うのは難しいか。できるかぎりのことはしますからとは言ったけれど、引き取りますと約束した訳ではないけどね」

「ご馳走《ちそう》さまでした」

　驚いて声のしたほうを見ると、常吉が顔のまえで両掌をあわせていた。信吾と波乃は話に夢中になって、食事中だったことを忘れていたのだ。

　常吉は話の切れ目までと思って待っていたようだが、終わりそうにないので痺《しび》れを切らしたのだろう。飯碗と汁椀《しるわん》それに皿や箸をまとめると、箱膳に蓋をして、食器を洗い場に運んだ。

「あとでまとめて洗うから、流しに置いとけばいいわよ」と、波乃が言った。「波《なみ》の上《うえ》の餌のお皿は、いつものとこに置いときましたから」

「では、お先に失礼します」

そう言うと、番犬の餌皿を持って常吉は土間を出た。信吾と波乃は顔を見あわせたが、なんとも妙な気分であった。

「お汁、温め直しますね」

「いや、このままでいいよ。ご飯も冷めていることだし」

カア助の話は中途半端なままだが、すぐに結論を出さなければならない訳ではない。いずれにしても京作が絡むので、よくよく考えねばならないだろう。

常吉が母屋と将棋会所の境の柴折戸《しおりど》を押したらしく、餌を待っていただろう番犬のうれしそうな吠《ほ》え声《ごえ》がした。

五

信吾が五ツ（八時）まえに将棋会所に顔を出すと、常吉が「予約なしの対局のお客さまがお待ちです」と言った。母屋へ鈴の合図をしようとしたところに、都合よく信吾が現れたということらしい。

言われて八畳間に目をやると、床の間を背に五十年輩の武士が座を占めていた。朝一番に来たということは非番だからだろうが、通常なら一刻以上藩邸を空けるときは、届けを出さなくてはならないと聞いている。

信吾は武家のまえに進んで正座すると挨拶をした。

「お待たせして申し訳ありません。席亭の信吾でございます」

相手は鷹揚《おうよう》にうなずいてから訊いた。

「対局に際しては、あれこれと明かさねばならぬのか。名とか藩の名だが」

「それには及びません。お武家さまはお役柄の関係もあって、明かせぬことが多いようですので」

「武家の客も通っておるのだな」

「はい。そう多くはありませんが。ただ対局中にいちいちお武家さまとお呼びするのもなんですので、通称でもけっこうですから、教えていただけるとありがたいです。ご常連となられたお武家さまは、蔵前《くらまえ》さま、柳橋《やなぎばし》さま、両国《りょうごく》さまなどと名乗られました。おわかりでしょうが、どなたも偽名だと思われます」

聞いているうちに、相手は薄い笑いを浮かべた。

「拙者は雷《らい》と申す。カミナリの雷である」

雷　門《かみなりもん》から思い付いたのであろうか。日光《にっこう》街道の西側には大名家と旗本の屋敷が集まっているので、その可能性は十分に考えられた。

「雷さまはいかにもお武家らしいお名前でございますね。それではてまえの先番で、お手合わせを願います」

信吾が玉将を手に取ると、雷はためらうことなく王将を取って自陣最下列の中央に据えた。金将を王将の左、続いて右に置くと、銀将を左から右、桂馬《けいま》と香車《きようしや》も左から右へと並べ、さらに角行《かくぎよう》、飛車、そして三段目中央に歩兵を置いた。あとは左右左右と並べてゆく。

信吾には武士が、御城将棋の家元大橋《おおはし》家か大橋分家の者の指導を受けたことがわかった。おなじ家元の伊藤《いとう》家とは、駒の並べ順がちがう。大名家か旗本のそこそこの地位にあれば、当然のように家元の絡みで教わるのだろう。

並べ終わると二人はお辞儀をして、対局の態勢に入った。

席亭が初来所の武家と対局を始めたとなると、甚兵衛や桝屋良作らの常連はどうにも我慢できなくなったらしい。

「畏れ入りますが、観戦させていただいてよろしいでしょうか」

雷がうなずくと、甚兵衛たちは盤側に座を占めた。

雷はかなりの力量の持ち主だろうと緊張したが、十数手も指すと、将棋会所「駒形《こまがた》」では上級の中程度だとわかった。天王町の道具商のあるじ仙太郎と、どっこいどっこいというところだ。気が緩んだという訳ではないが、信吾の思いはいつしか愛娘《まなむすめ》七五三の次におおきな関心事に飛んでいた。

波乃との遣り取りでかなり困難なことはわかっていたが、黒船町の借家でカア助を飼うこと、飼えるかどうかに信吾の関心はあった。要はなるべく早くか、それとも京作が世話できなくなったときに、カア助を預かれるかどうかである。

どちらにしても問題は、啼き声ということになるだろう。京作の家族ですらうるさいと厭がっているのだから、他人はその比ではないはずだ。もっとも家族は厭でたまらないので、大袈裟《おおげさ》に言っていることも考えられた。

信吾の借家の近所はどの家も似たり寄ったりの、四部屋か五部屋の平屋で、狭い庭があって周りを塀か生垣で囲われていた。となると庭先の鳥小屋で飼えば、烏の啼き声は向こう三軒と両隣には筒抜けとなるはずだ。かといって鶯《うぐいす》や四十雀《しじゅうから》ならともかく、烏となるとさすがに室内で飼うことはままならない。

そのとき唐突に信吾は思い出したのである。

荒井町の離れ座敷の前庭で信吾は四半刻（約三〇分）あまり、京作からカア助に関する話を聞かせてもらった。そのときのことを、じっくりと思い返してみたのである。

するとその間、カア助は一度も啼かなかった。啼けば耳障りな悪声なので忘れるはずがないのに、信吾の記憶には残っていない。

家族がうるさいと言うのだから、まさか巣から落ちて翼の骨を折ったときの衝撃で、声が出なくなった訳ではないだろうが、啼くとすればどの程度のおおきさであるかは、たしかめる必要がある。信吾はカア助の啼き声を、聞いていないのだから。

そのカア助と、信吾はごく簡単ではあったが遣り取りをしたのである。もっとも双方が声を出して話した訳ではない。ほかの生き物のときもそうだが、信吾は言葉にしなくても心を通じることができるからだ。

となるとわずかにではあるが、黒船町の借家でカア助を飼える可能性が浮上したのである。どうやら悪いほうへ悪いほうへと思いが片寄りすぎて、肝腎なことを見逃していたようであった。

短くはあっても話しあえたということは、カア助に相談できるということである。となると啼き声を出しはしても、顰蹙《ひんしゅく》を買うほど耳障りにならぬ程度に抑えることは、できるのではないだろうか。人も鳥も生き物であることに変わりがないとなれば、人にできることが鳥にできないとは考えにくい。

静かにしていなければ生きられないかもしれないとなれば、カア助もこちらの提案に応じるはずである。事情をていねいに説明すれば、わかってもらえぬ訳がない。

ただ生き物である以上、突発的なできごと、例えば生命の危機を感じたときなどには、悲鳴をあげたり大声で啼き喚くかもしれなかった。だがそれが一度であれば、近所の人に事情を説明してわかってもらうことはできるだろう。ただし二度、三度となると、すんなり行くとは思えない。

そのためにはカア助に、なんとしても納得してもらわなければならなかった。

人は声の大小の使い分けができる。おなじ言葉であっても、叫ぶこともあれば囁《ささや》きもする。烏にしてもそれはおなじはずだ。ところでどの程度までおおきく、あるいはちいさく啼けるのだろうか。

カア助に会ってたしかめるのが一番確実だが、信吾は朝の五ツから夕の七ツまで仕事に縛られている。将棋会所と相談屋の仕事をやっている以上、時間の捻出は簡単ではない。

常連客のほとんどは対局の日時を指定して予約するが、雷のように予告なしに来る客もいた。また将棋客から質問があれば答えなければならないし、駒を並べながら説明することもあった。

相談客もいつ来るかわからない。来れば母屋か相手の指定した場所、大抵は料理屋などで話を聞くことになる。相談によっては調べごとに時間を取られるし、相手の指示に従わねばならぬこともあった。

となるとそれらの時間以外に、カア助がいる荒井町に出向くしかない。しかし早朝に出掛けるのはきついし、夕刻になれば京作が小屋に筵を掛けてしまう。もちろん信吾が頼めば筵を外してくれるだろうが、京作のいる所でカア助と話すことができても、長く続けるとおかしいと思うにちがいない。

信吾はカア助以外の烏と話したことはなかったが、こうなった以上は浅草近辺の烏に教えてもらうしかない。

雷が空咳《からせき》をしたので、信吾は指し手をそのままに、考えに耽《ふけ》っていたことに気付かされた。長考するような局面でもないので、相手が催促するのは当然かもしれない。

瞬時に判断して信吾は金将をひとまず引いたが、考え事をしていたとはいえ、方向性の定まらぬ手を続けて指していたようだ。観戦している甚兵衛たちは、席亭はどうしたのだと、心の裡《うち》で首を傾げたのではないだろうか。

烏のことでどうすべきかが決まったとなると、もはや迷うことはない。信吾は一気呵成《いっきかせい》に攻め切った。

雷が吐息とともに言った。

「これまでのようであるな」

いかにも武士らしく、「参った」とは言わずに相手は敗北を認めたのである。

「雷さまの考えが読めませんでしたので、どうにも迷い気味の、ちぐはぐな手ばかりを指してしまったようです」

「いや、変幻自在な攻めに、翻弄されてしもうたわい」

そう言ってから、雷はゆっくりと室内を見廻した。

「常にかくのごとく盛況なのか」

「お蔭《かげ》さまで。個性豊かな将棋指しの方がお見えですから、雷さまの好敵手もきっと見つかるのではないかと思っております」

「さようか。となれば非番の折に、顔を出さねばならんな」

「ぜひそうなさってくださいい。お待ちしております」

来たときに席料の二十文は払っていたようで、雷と名乗った武士は対局料五十文を常吉に払って帰って行った。

格子戸を開けて外に出た雷の足音が消えるのを待っていたように、甚兵衛が噴き出し、あわてて両手で口を押さえた。そこまで大袈裟ではなかったが、桝屋たち常連客の反応も似たようなものである。

「今日のような席亭さんのよろよろ歩きは始めて見ましたが、まるっきりほかのことに心を奪われていたのではないですか」

甚兵衛に言われて信吾はあわてて言った。

「いえ、そんなことはありません。てまえは常に全力で」

すると桝屋が柔らかく追撃する。

「席亭さんとしては、そうとしか言いようがないではありませんか。そうでしょう甚兵衛さん。てまえはこんなふうに思いました。席亭さんはお武家に付きあわなければならないので、敢《あ》えて隙だらけな手を指したにちがいないと」

「まさか、そんな」

しかし甚兵衛が止《とど》めを刺した。

「場を外したかったのですが、お武家が勝負中なのでそうもならず、お蔭で珍しく痺れを切らしてしまいましたよ」

信吾にすれば、なんとも居辛《いづら》くてならない。

「常吉」と、信吾は小僧を呼んだ。「このあと予定はないので少し出ますが、昼までにはもどります。なにかあれば甚兵衛さんに相談に乗ってもらいなさい。それでは甚兵衛さん、よろしくお願いします」

六

将棋会所を出て宮戸川沿いの道を上流に向かうと、四町（四三〇メートル強）ほどで駒形堂《こまんどう》がある。浅草寺の雷門からは二町（二〇〇メートル強）あまり南だ。信心深い人たちがなにかと捧《ささ》げ物《もの》をするので、それをねらって雀や鳩、そして烏が集まるのを信吾は知っていた。

難点は人の目に付きやすいことだ。浅草寺にお詣《まい》りする人が、日光街道で足を止めて両掌をあわせることがあるし、わかりやすいので駒形堂を待ち合わせ場所に選ぶ人も多い。

だが声を出さずに長いあいだ烏と向きあっておれば、変なやつだと思われるだろう。場合によっては、話していて烏がうっかり啼き声をあげることだって有り得る。いずれにしても、とてもまともだとは見てもらえないはずである。

人に見られることが少ないという点では、正覚寺《しょうかくじ》のほうがよさそうだ。榧寺《かやでら》の別名で知られた寺だが、境内ではかならずと言っていいほど雀やカワラバトが地面を啄《ついば》んでいる。烏がいたかどうかは曖昧であったが、雀や烏はどこにでもいるので、よほどのことがなければ記憶には残らない。

烏はいるにちがいないと自分に言い聞かせ、信吾は正覚寺に向かった。

黒船町の借家を出て西に行くと、ほどなく日光街道に出る。左折して南に進むと、街道の西側もおなじ黒船町で、途中に設けられた参道を西に進めばその先に榧寺があった。境内は南北より東西が三倍あまり長い縦長になっているので、街道からは随分と奥深く感じられる。

やはりいた。

山門のすぐ向こうに六羽と、ずっと離れた本堂のまえに十数羽の烏が、しきりと啼き交わしながら群れていた。どれも嘴の幅が広くて、長いその先端が鋭く曲がったハシブトガラスである。

烏たちを驚かさないように、信吾はゆっくりと近付いた。

——ちょっと、そこにいる一番利口そうな。

呼び掛けが終わらないうちに、六羽全部が一斉に信吾に顔を向けた。だれもが自分は利口だと自惚《うぬぼ》れているところなど、まるで人と変わらない。

ところが仲間と思ったのに、声を掛けたのが人なので信じられぬという顔になった。

——みんな利口そうなので迷ってしまう。だったら全員に訊くかな。

信吾をじっと見ておまえだなという表情になったが、まだどこか信じられぬようである。

——ちょっと教えてもらいたいんだけど。

——おれたちが人に教えられることなんてねえよ。

その言葉にべつの烏が同意した。体つきも表情も動作もほとんどおなじなので、信吾には六羽を区別できない。

——きみたちの啼き声と言うか、話す声というか。

——だったら声でいいじゃないか。

見事に一本取られてしまった。

——その声なんだけど、調子は変えられるのかい。

――下手《したて》に出るからなんだろうと思ったら、啼き声がうるさいって文句を言いたいんだな。そういうことじゃないかと、思ってはいたけどね。

――そうじゃなくて、おおきくしたりちいさくしたり、つまり叫ぶだけでなく、囁くような小声を出すことができるかどうかを知りたいんだ。

――それくらい、できいでか。

――だろうな。できるとは思っていたけどね。ところでそれは自由に、というか、むりしなくてもできるのか。それとも相当にたいへんなことなのかい。特別な声の出し方をしなければならないとか。うっかりしていると、すぐ元にもどっておおきくなってしまうとか。

――ちいさな声を出すのはなんともないが、あまりちいさくなると掠《かす》れてしまうんだよ。

――掠れたり震えたりすれば、聞き取りにくくなるんじゃないのかい。

――アホウ、アホウ、アホウ。

不意に声を出されて信吾はぎくッとなった。

――わかってはいるだろうけど、あんたのことじゃないからね。

一羽が三度おなじ言葉を繰り返したが、一本調子ではなかった。喚き散らすほどの大声、それほど耳障りでない中声、そしてうんとちいさな小声で、啼き分けてみせたのである。たしかに小声になると掠れてしまうが、中ほどの声はうるさくはあっても、普段のギャアギャア声に較《くら》べると、ずっと穏やかであった。

——その中ほどの声より、いくらかちいさな声も出せるだろうな。だけど、ちょっと難しそうだ。

まずむりだろうとの意味あいで言うと、相手の目が一瞬にして真剣さを帯びた。

——アホウ、アホウ、アホウ。

器用なやつで、なんと中の声を三段階に啼き分けたのである。中の二番目くらいなら、隣近所から苦情は来そうにない。

境内を通り掛かった六十年輩の女性が、信吾に向かって鳥が啼き声をあげるのを、信じられぬという顔で見て目を丸くしていた。その人にとっては、阿呆《あほう》、阿呆、阿呆としか聞こえなかったはずだ。

信吾の知らない人だが、相手はかれを知っているかもしれなかった。なぜなら信吾の武勇譚《たん》が瓦版に取りあげられて、たくさんの人が顔を一目見ようと、将棋会所にやって来たことがあったからである。

その女性は山門を潜《くぐ》り抜けてから振り返り、もう一度首を傾げたのであった。変な噂《うわさ》になれば、それはそのときのことだと思うしかない。ともかく気懸りだったことの、解決への道が見えたのである。少なくともそのきっかけだけは得られたのであった。

——ありがとう、みんな。いや、これでなんとかなりそうだよ。

——ところであんたは、最初に教えてもらいたいと言ったよな。なんとかなりそうだって、どういうことだい。

まだはっきりしない段階なので迷ったが、信吾は鳥たちに教えてもらったお蔭で、なんとかなりそうだとの手応えを得たのである。となれば詳細はともかく、ある程度は話すべきだと思った。

——雛のときに巣から落ちて翼の骨を折った、きみたちの仲間がいてね。それを助けて世話する人がいるんだけど、年寄ったので続けられなくなりそうなんだ。ところが啼き声がうるさいからって、家族のだれも世話をする気がないんだよ。

——それでわかったよ。啼き声をちいさくすれば、世話をしてもいいという人がいるかもしれないってんだな。

——なぜ、そう言えるんだい。

——だって簡単にわかることじゃないか。人は鳥とは話せないんだよ。ところがあんたは話せるし、おれたちに教えてほしいと言った。なぜなら翼の骨を折ったやつに、おおきな声で啼かなければ面倒を見てくれる人がいるかもしれない、そう言いたいからだろう。

――まさにおっしゃるとおり。

――人にしては珍しい正直者だな。気に入ったよ。ほかにわからないことができたらおいで。教えてあげるからさ。

――ありがとう。なんとお礼を言えばいいのか、わからないほどだよ。

――であれば、それを表す方法はあるぜ。しかも簡単にできることだ。

――どうすればいいの。

――おれたちは、いつ喰い物にありつけるかわからん。その心配さえなければ、楽しく生きてられるんだけどな。

――なにかと思ったらそんなことか。だったらとっくに考えているさ。教えてもらったみんなに食べ物を持って来るのは、当たりまえのことじゃないか。

咄嗟《とっさ》の口からでまかせであった。

だが話の流れでどう運ぶのがいいか、ピンときたのである。相談屋の仕事でもよくあることだが、ちょっとしたきっかけで相手の聞きたいことを先取りして言う。それができなければ、相談屋はやっていられない。

当然、お礼はするつもりだ。

それよりも信吾は鳥たちとの駆け引きを、一刻も早く波乃に話したくてたまらなかった。笑い上戸の波乃は、鳥たちとの会話をなぞっただけで、箍《たが》が外れたように笑うはずだ。

将棋会所にもどって少しすると、大黒柱の鈴に波乃から昼ご飯ができたとの合図があった。常吉を先に食事に行かせ、交替して母屋にもどるなり波乃が言った。

「あら、信吾さん。なにかいいことがあったのかしら」

なるべくさり気ない顔をしていたつもりだが、波乃には簡単に見破られてしまった。

「それが顔に出るようでは、まだまだ未熟というしかないね。で、鋭い波乃先生のことだから、見当は付いてるようだな」

「わかる訳ないじゃありませんか、そんなことが。だけど」

「と言うことは目星が付いているってことだろ。まさかカア助絡みの悩みが解決しそうだなんて、顔を見ただけで読み解いた訳じゃないだろうけど」

惚けた振りをして打ち明けると、波乃はその上をいく惚け振りを示した。

「まさか旦那さまにそこまで読まれているとは、あたしは思いもしませんでした」

下手な芝居はそこまでにして、信吾は榧寺での烏たちとの遣り取りを再現した。なるべく詳しく話さなければ、烏たちとの微妙な駆け引きのおもしろさが、感じてもらえないと思ったからだ。

案の定、波乃は笑い転げた。笑い転げはしたが、信吾が次のように言ったため、一瞬にして真顔にもどった。

「だから場合によっては、カア助を引き取ろうと思うんだが。どう思う」

そこまでは思っていなかったらしく戸惑いを見せたが、すぐに満面を笑みが被った。

「七五三のためにもなりそうだから、あたしは大賛成。子供はね、すぐ傍《そば》に生き物がいるとあれこれ感じるし、考えなくてはならないこともあって、心が豊かになるんですって。ただ」

「波乃のただは、けっこう重い意味を持っているからな」

「あたしはカア助に会ったことはないけれど、このまえ信吾さんが会ったときの話では、こちらの思いはわかってもらえると思うの」

「ただ、と言いたいんだろう。京作さんがカア助を手放すとは思えない、って」

「信吾さんもそうお思いなんでしょう」

「おおいにね。だから取り敢えず本所の荒井町に行って、京作さんとカア助に会おうと思うんだ。それで京作さんの反応を見ながらになるけど、場合によってはすぐにも引き取ることになるかもしれないよ」

「家族が一人、じゃなかった、一羽増えるだけですから。ただ引き取るときは、小屋を作ってからにしてくださいね」

「当然だよ。引き取ったのに、野良犬か野良猫に襲われでもしたら、京作さんに顔向けできないからね」

「そうしますと、いつお話に」

「京作さんが将棋を指しに来るのは、半月か十日に一度だから、とてもそれまで待ってはいられない。早めにこちらから出向こうと思うんだ」

「こういうことは、早めに進めたほうがいいですものね」

「であれば明日の七ツ半、起き抜けのカア助さまのお顔を拝みに行くとするよ」

「わかりました。七ツの鐘が鳴ったら起こしますからね。温かい朝ご飯を楽しみに行ってらっしゃい」

「両国屋《りようごくや》の大仏餅を買っといてくれないか」

「京作さんへの手土産ですね。カア助にはなにを」

「考えているから心配しなさんな」

昼食を終えて茶を飲んだ信吾は、八畳間に寝かされた愛娘七五三の頬にそっと指を触れると、将棋会所にもどった。

信吾は常吉を呼び付けて予定を打ち明けた。

翌朝はまだ暗いうちに出掛けるが、六ツ半すぎには戻る予定だ。もし遅れることがあれば、いつものように将棋客のための準備をし、仕事を進めるようにと伝えた。

まさかということの連続で、あれよあれよという間にいろんなことが決まっていく。

これはすべてがうまく運ぶということの前兆にちがいないと、楽天的な信吾は自分に言い聞かせたのである。

七

「こんなにお早く、いかがなさいました」

信吾が本所荒井町の住まいを訪れると、京作は離れ座敷の端に差し掛けるように作られた鳥小屋のまえで、カア助に餌を与えていた。

「連絡もせずにお邪魔して申し訳ありません。ちょうどよかった。カア助に餌をやるところですね。だったらこれもいっしょに」

油紙を三角形の袋状にしたものを、信吾は京作に手渡した。並木町《なみきちょう》の魚屋に頼んで、魚を捌《さば》いたときに捨てるしかない腸《はらわた》や小魚の頭などをもらってきたのだ。

——おお、これはありがたい。好物なんだよ。気が利くじゃないか。

「すみませんな。近所の魚屋でもらうように嫁に言っちゃおるのですが、生臭いからって嫌がりましてね」

「はい。これは京作さんへのお土産です。鳥のあとで申し訳ないけれど」

「両国屋清左衛門《せいざえもん》の大仏餅ですね。ありがたくいただきます。で、今日は」

「いえ、特にどうということはありませんが、このまえはカア助を世話するに至った話をしてもらったでしょう。思ってもいないことばかりだったので話に夢中になって、カア助をじっくり見せてもらえませんでしたから」

「だったら思う存分見てやってください」

――あれこれ言ってないで、早く喰わせろって。

「それでは早速いただこうかね、カア助」

――だからそう言ってんじゃないか。

カア助が食べていたのは冷えたご飯に味噌汁を掛けて、煮物の残りを混ぜたものであった。京作が袋に入れた腸などを皿に移すと、カア助はそればかりを選んで啄み始めた。

「わたしは生き物が食べたり、犬の仔や猫の仔がじゃれあっているのを、黙って見ているのが楽しくてならないんですよ」

だから口を利かなくても気にしないでください、と暗に仄《ほの》めかしたのである。こうしておけば、信吾とカア助が黙ったまま心を通わせていても、京作はそれほど不自然には思わないはずだ。

「だったら好都合です。てまえはちょっと手水《ちょうず》に行きたくなりました。席亭さん、すまないですが、しばらくカア助を見ていてくれませんかね」

「ああ、いいですとも。ゆっくりなさってください」

京作は沓脱石《くつぬぎいし》から濡縁《ぬれえん》にあがると廊下を歩いて行ったが、角を曲がってすぐに姿が見えなくなった。母屋だけでなく、離れにも厠《かわや》を設けてあるようだ。もっとも年寄りの隠居所であれば当然かもしれない。

獣は目のまえに喰い物があれば脇目も振らずにガツガツと喰うが、それは鳥にしてもおなじであった。あッという間もなくカア助は平らげてしまった。

――おれの好物がよくわかったな。

――川向こうに住んでいるのだが、近所の鳥に好きな食べ物を教えてもらったんだよ。ともかく京作が厠からもどるまでに、話の大筋は付けておかなければならない。

――このまえもそうだし今日もだが、カア助の啼き声を聞いていないんだよ。ご隠居や家《うち》の人が嫌がるんで、啼かないことにしてるのかと思ってね。

――必要がありゃあ啼くさ。

――必要って。

――犬や猫が庭にやって来て、よからぬことを考えているときとか、空を鳶《とび》や鷹が舞ってるときなんかだな。

つまり威嚇や警戒ということだろう。

――だったら啼いてみてくれないか。目いっぱいの大声、中くらいの声、それから囁くような小声で。ちょっと難しいかな。

最後のひと言が効いたようで、カア助は啼き分けてみせたのである。昨日、樋寺で地元の烏に啼いてもらったときより、どの声も少しずつちいさかった。

——なるほど、器用なものだ。

——なにかあれば、近くの仲間に報《しら》せなきゃならんってことだよ。ただおれの場合、こんなことになっちまっただろう。

巣から落ちて翼の骨を折り、飛べなくなって京作に面倒を見てもらっていることを言っているのだ。

——親や兄弟が、たまにようすを見に来ることはあるがな。

独りぼっちのカア助は報せる仲間がいないので、啼く必要がないということらしい。いつも啼いていれば咽喉《のど》も鍛えられるだろうが、報せる仲間のいないカア助は、おおきな声が出せなくなったようだ。

となれば都合がいい。信吾とはその必要がないが、カア助が波乃になにかを伝えたり餌を催促するときには、啼かなければならないからだ。中の声なら、ご近所から苦情が出る心配はなさそうである。

それにしてもカア助が不憫《ふびん》でならない。考えるまでもないが、かぎりなく孤独ということであった。

それはともかく、ここで切り出さなければならない。

――このまえご隠居さんが言ってたけれど、憶えているだろう。

その一言でカア助は黙ってしまった。信吾は生き物と心を通わせることができるが、生き物はいけない、うっかりしていた。

以前、信吾以外とはそれができない。猿曳《さるひ》き（猿廻し）の誠《まこと》が連れている猿の三吉《さんきち》と、常吉が世話をしている番犬の波の上がしばらくおなじ場所にいたので、心を通わせあっていると信吾は思いこんでいた。ところが三吉は信吾と、波の上も信吾と話しあえるのに、三吉と波の上のあいだではそれができないことがわかったのである。

――そうだった。カア助はご隠居さんとは、心を通わせることができなかったんだな。

――爺さんがなにを考えているか、大体はわかるけどな。

――実はご隠居さん、いや爺さんはかなりの齢だから、病気や怪我《けが》でカア助の世話ができなくなったときのことを心配していてね。亡くなることだって考えられないことはないし。

――そう言えば爺さんが具合を悪くして、餌をもらえないことがあった。初日はなんとか我慢できたが、二日目は体中の力が抜けてしまったんだよ。たまたまお袋がようすを見に来て、小屋まで食べ物を運んでくれたからなんとかなったけどね。

――さっき啼き声のことを訊いたのは、爺さんが心配していたからなんだ。爺さんになにかあった場合、てことは病気や怪我、あるいは亡くなったときに、カア助はほかの人に面倒を見てもらわなきゃならない。ところが人は、鳥の啼き声はうるさいからって大の苦手でね。静かにできないと面倒見てもらえないかもしれないと、爺さんは心配しているんだ。だけど啼かなくても大丈夫だと聞いて安心したよ。

——爺さん、長くないのかい。

——今は元気だけど、齢が齢だけにいつどうなるかわからないもの。

なるべく控え目に言ったが、カア助は切実に受け止めたようである。顔が暗くなったのがわかったほどだ。もともと黒い顔が暗くなったもないものだが、そう感じるくらい悄気返《しょげかえ》ったのである。

——今日来たのは、爺さんとそのことを話そうと思ったからだ。爺さん次第だけど、場合によってはおれがカア助を引き取ろうと思ってる。実は女房、波乃ってんだけど、女房に話すと賛成してくれてね。ただ爺さんがどう言うかなんだが、寂しくなるから絶対に手放したくないと言い張るかもしれないだろう。

そのとき廊下に足音がした。

——おっと、ここまでにしとこう。爺さんがもどって来たから、ともかく話してみるからね。

「いやあ、失礼しました。年取ると若いときのようにゆきませんでな。尾籠《びろう》な話で申し訳ないが、しゃがみこんでもなかなか出やしません。体がまるっきり言うことを聞かなくなったらと思うと、ぞっとしますよ」

「だれもが辿《たど》る道とは言いますけれど」

「若いころには思いもしませんでしたがね、近ごろはなにかあるたびにそれを感じます」

「このあとますます、たいへんになるのではないですか。実は今日お邪魔したのは、このまえカア助の世話ができなくなったときのことを、話されていたでしょう。そこまでお考えなら、まだお元気なうちにわたしが引き取ってはどうかと思ったのですけれど」

「うーん」

唸《うな》り声《ごえ》を発すると、京作は目を閉じて腕を組んでしまった。予想していたことではあるが、実際にそうなると動揺せずにいられない。

どうやら信吾が感じていたよりも、カア助は京作にとって遥《はる》かにおおきな存在だったようだ。たしかめた訳ではないが、どうやら京作老人は妻女とは死別したようである。息子夫婦や孫たち、特に嫁とのあいだがうまく行っていないことは、これまでの話からも感じられた。

もしかすると今の京作老人にとって、カア助は家族以上の存在なのかもしれなかった。であればもう少し時間を掛けるべきであったな、と信吾は自分の短慮を後悔した。

横目で見ると老斑《しみ》の浮いた京作の額には、先刻まではなかった深い皺《しわ》が刻まれていた。

どうやら信吾のひと言は、京作に思っていた以上におおきな負担を掛けたらしかった。

「あのう」と、信吾は恐る恐る言った。「だったらなぜ言ったのだと叱られそうですが、先ほど言ったことは取り消してください」

その言葉に京作はぎろりと目を剝《む》いて、正面から信吾を見据えた。しかし無言である。堪《たま》りかねて信吾は言った。

「雛のころから世話してきたのですものね。そのカア助がいなくなれば、寂しくて堪らないことはわたしもよくわかります」

「寂しくなるだろうな。寂しくて堪らんだろう。だが席亭さんに言われて、てまえは考えたのですよ。カア助がいなくなればたしかに寂しくなる。だが先延ばしすればするほど、寂しさは強く、深まるのだぞ、とね」

京作の喋《しゃべ》る言葉の意味はわからなくても、会話に出てくる「カア助」が自分のことだとはわかっているはずだ。だからその名が出るたびに、カア助はどことなく不安そうに、京作と信吾の顔を見た。

「ですが、むりに自分を説得すると申しますか、ねじ伏せるようなことはしないでいただきたいのです」

「席亭さんのことだから、考えに考え抜かれてそれが一番いいと思われたのだと思います。となると、これぞ潮時《しおどき》ということではないですかな」

心は決まっていても、京作はやはり言いにくかったようだ。かなりの間を置き、音立てて膝を叩《たた》いた。

「席亭さんの話に乗りましょう。カア助の世話をお願いします。どうかよろしく」

京作は深々と頭をさげた。

「わかりました。そのようにさせていただきます。四、五日お待ちいただけますか。わたしの借家はこちらさんよりずっと狭いですが、庭の片隅にカア助のための鳥小屋をこさえますので」

「ああ。決まった以上は早くしていただきたい。でないと未練が残りますからな」

「カア助に会いたくなったら、将棋会所においでください。いつでもご覧になれるようにしておきますから」

京作に精一杯の笑顔を向けてから、信吾は新しい家族の一員となるカア助に言った。

――ということだからよろしく頼むよ。仲良くやろうじゃないか。

――やーだね。

言うなりカア助は、ぷいと横を向いてしまった。信吾はいささか狼狽《うろた》えた。信吾としては京作とカア助、そして自分と、そのだれもが一番いい、理想的な形で解決できたと思っていたからである。

一体なにが原因で、カア助は臍《へそ》を曲げてしまったのだろう。

京作が信吾とカア助のあいだの不自然ななにかを感じたのか、どことなく落ち着かない雰囲気となった。

——ああ、すっきりした。あんたの困ったような顔を見て、溜飲《りゅういん》が一気にさがったよ。

信吾は思わず深いため息を吐《つ》いてしまった。

——脅かさないでくれよ。なんだかあちらに移るまえに、主導権を取られてしまったみたいだな。

カア助にうっかり本音を洩《も》らしてから、信吾は京作に言った。

「カア助にもわかってもらえたようですから、なるべく早く鳥小屋を作って迎えにまいりますので、京作さん、どうかよろしくお願いいたします」

ドキリとさせられはしたが、考えてみればそれはカア助に冗談がわかり、相手を戸惑わせる楽しみを心得ているということでもあった。となると波乃ともうまくやってゆけるはずだ。

「ところでてまえが厠にいるとき、カア助の声を聞いたような気がしたのですが、空耳でしたかな」

でしょうねと言えばいいのに、信吾にはそれができなかった。

「知りあいの鳥が近くを通りがてら挨拶したらしく、それに応えていたようです」

「カア助の親か兄弟が、ようすを見に来たのかもしれません。たまにそういうことがあるのですよ」

話はそこで終わった。

信吾は雀躍《こおどり》しながら、黒船町を目指したのである。

八

京作が承諾してくれたとなると一日も、いや一刻も早くカア助を引き取りたかった。信吾に任せることにしたものの、やはりカア助のいない生活は堪えられないと、京作が前言を翻しかねないと思ったからである。

本所荒井町の家を出た信吾は、吾妻橋を西に渡ると浅草の広小路《ひろこうじ》を抜けて南下し、真砂町《まさごちょう》に向かった。両親の営む宮戸屋《みやとや》に出入りしている大工の棟梁《とうりょう》に、板などを都合してもらおうと思ったのだ。

大工は朝が早く、六ツか六ツ半から準備をして五ツには仕事に取り掛かる。そして夕刻の七ツには切りあげるのであった。そろそろ六ツ半になるので、出掛けたかもしれないと思ったが棟梁はいた。

京作の作った鳥小屋が頭に入っているので、手に入れたいものはわかっている。四尺四方くらいの板を三枚と角材か竹のようなもの、あとは出入り口と餌皿や飲み水を出し入れする場所用の、細長い板などであった。信吾は棟梁に、それらを売ってもらいたいと頼んだ。

「だったら持って行きなせえ」

言われて案内されたのは、余ったり半端になったものばかりを集めた、物置場のようなところであった。見ればおおきさや形がさまざまな板や棒の類、角材などが積みあげられていた。

代金はと訊くと、風呂屋が薪《たきぎ》に持って行くような屑《くず》ばかりだからと受け取らない。出入り先の長男から金を取るなど、とんでもないということだろう。

しかも縛って持って帰るには荷がおおきすぎるからと、大八車を貸してくれた。となれば返すとき、母に下り酒の良いのを何本か詰めてもらわねば、と信吾は考えた。

「一体なにを作ろうってんですか、若旦那」

家を出て四年目に入っているのに、棟梁は若旦那と呼ぶ。いや職人や芸人の多くは、未《いま》だに信吾を若旦那と呼んでいた。

「怪我をした烏を世話している人が、齢を取ってこのあと面倒を見切れるかどうかと言ってましたので、引き取ることにしたんですよ。で、庭に烏用の小屋を作ることに」

「だったら言ってくれりゃ、手の空いている者にやらせますよ」

「お職人の手を煩わせるまでもない、本当にちゃちな小屋ですから」

「浅草一の料理屋のご長男なのに、見世を弟さんに任せることにして、ご自分は相談屋と将棋会所を始めたでしょう。しかも両方成功させたって話じゃないですか。そんなお方が怪我をした鳥の親代わりですかい。器のおおきなお人の考えていることは、てまえども凡骨の及ぶところではありません。いやはや」

棟梁は感心しきったような声を出したが、呆《あき》れ返っていたのだろう。

六ツ半にはもどれず、すでに五ツに近かったので常吉はとっくに食事を終えて、波乃がいっしょに食べようと待っていた。

信吾はあわただしく食事をすませた。午前中に対局予定は入っていなかったので、常吉に母屋の庭で仕事をしていると言って会所を出た。

信吾のやることは手っ取り早い。

借家の東南側には八畳間があって、客があればそこで応じるようにしていた。カア助は啼かずにいられるので声は気にしなくていいが、糞尿はこまめに処理しても、雨が続けば厭な臭いがするだろう。となると併設はできない。

八畳間の隣は六畳間だが、その六畳間の西側に差し掛けにして鳥小屋を作ることにした。まず持ち帰った材料を庭に並べて、信吾はしばらくそれを見ていた。頭の中に図面はできているので、作業に取り掛かると仕事は早い。

鋸《のこぎり》を挽《ひ》いたり金鎚《かなづち》で打ったりする音に、将棋会所の客たちはなにごとが始まったのだろうと思ったようだ。会所と母屋の境になった生垣の上から覗《のぞ》く将棋客も、何人かいた。

　よほど気になるらしく、常吉は何度も生垣の上に顔を出したほどである。子供の将棋客のいない日でよかったと信吾は思った。大騒ぎにならない訳がないからだ。

　掃除と洗濯を終えた波乃は六畳間の濡縁に坐って、驚き顔で信吾の作業に見入っていた。片方の乳房を含ませて七五三に乳を与えている。次々と仕事に追われているので、波乃にはそれすら心身の休まるひとときなのかもしれなかった。

「七五三のお父さんはすごいでしょ。いろんなことができるのよ」

　赤ん坊に意味はわからないだろうが、しきりと話し掛ける。娘に語り掛けてから、波乃はほとほと感心したように言った。

「信吾さんはいろんなことができると驚いてましたけど、まさか大工仕事までなさるなんて考えられませんでした」

「相談屋と将棋会所の看板だけでなく、相談客用の伝言箱も作ったからね」

「それにしても手際がいいわ。もしかしたら、今日中にできあがるんじゃないですか」

「鳥小屋くらいで時間を取られていてはたまんないからね。四ツ（十時）、遅くとも九ツ（正午）には仕上げてみせるさ」

　豪語しただけあって、信吾は五ツ半（九時）すぎには完成させてしまった。

「風呂敷を出してくれないか。新しいのでなく、古くて汚くてもいいから」

「あら、どうなさるの」

「今からカア助を引き取りに行くのさ。昼ご飯まえには帰るからね。小屋は夜のあいだは囲うか被うかしなきゃならないので、ついでに筵も買って帰るとしよう」

「お食事はどうなさいますか」

「だから言ったじゃないか、昼ご飯まえに帰るって」

「信吾さんのではなくて、カア助のお食事」

信吾は思わずよろめいた。自分はいくらか、と言うよりかなり、いや相当に変わり者らしいとは感じている。だが波乃はその上を行っているではないか。自分の亭主の食事より、烏の餌の心配をしていたとは。しかも言うに事欠いて「お食事」ときた。

信吾が道具類や木屑などを片付けていると、片手で七五三を抱いた波乃が、もう一方の手に風呂敷を持ってやって来た。

「これで大丈夫かしら」

信吾はうなずくと、受け取った風呂敷を手提げの桶に入れた。桶にカア助を入れ、風呂敷で全体を包んで持ち帰ろうと決めたのだ。本所の荒井町から浅草の黒船町まで少し距離はあるが、多少は窮屈でもカア助にはそれくらいは我慢してもらうしかない。

将棋会所に顔を出したが、対局は入っていなかった。信吾は常吉に昼までにはもどると言って、将棋会所をあとにしたのである。

翌日は八月の五日で子供客の集まる日だ。

毎月一日、五日、十五日、二十五日は手習所が休みのため自然とそうなった。わずかな小遣いとお駄賃を貯《た》めてなので、自然と日にちがかぎられてしまうからだ。将棋会所の席料は二十文だが、子供たちから申し入れがあり、十五歳までは半額の十文に変更している。

信吾が前日の昼まえに連れて帰ったので、常連客たちはカア助のことを知っていた。しかし常吉も客もなにも言わないので、子供客はだれもカア助のことは知らない。信吾が言い含めておいたので、一度も啼かなかったからだろう。

五ツ半になると、本所から通うハツと祖父の平兵衛《へいべえ》がやって来た。そのころになってもだれもカア助に気付いていない。

四ツの鐘が鳴ってほどなくであった。女チビ名人の渾名《あだな》で呼ばれているハツが、ふしぎそうに顔をあげた。

「あれッ、烏じゃないかしら」

「べつに珍しくなんかないぜ」と、彦一《ひこいち》が言った。「ときどき啼いてるからね」

「お寺やお屋敷の屋根、それに松や檜《ひのき》のような高い木の枝、でなきゃ空を飛びながら啼くことはあるけど、近くで啼いたわよ」

「気のせいだってば」

それからはハツと彦一の遣り取りとなった。

「ううん、絶対に鳥。お隣の庭で啼いたみたいだった」

「席亭さんとこの庭には雀や鳩は来るけど、鳥は来ないと思うよ。だって狭いし、餌になるものがないからな」

「鳥だわ」

「気のせい気のせい」

「鳥だよ。ハツさんの言うとおり、席亭さんの庭で飼われているんだ」

なんとしてもハツに認めてもらいたいと、懸命に将棋に取り組んでいる常吉が、うっかり言ってしまったらしい。

どっと動きがあった。

六畳の板の間で対局していた子供客が、全員立ちあがったのだ。子供たちは土間の下《げ》駄《た》や草履を突っ掛けて履くと、一斉に屋外に飛び出した。常吉が言うならまちがいないと思ったからだろう。境の柴折戸を押して、母屋の庭に雪崩《なだ》れこんだのである。

しかたなく信吾も子供たちに続いた。

ところが六畳間の西側に差し掛けられた鳥小屋の手前で、先頭が急に立ち止まったので次の者がぶつかってしまった。次々と押し寄せるので、たいへんな騒ぎである。なぜなら筵で覆われた烏小屋のまえで、両脚を踏ん張った波の上が、牙を剝きだして唸り声を出したからだ。いつもは尻尾を振りながらまとわり付く波の上の急変に、子供たちは驚いて顔色を変えている。

まえの日、カア助を連れ帰った信吾はまず波乃に、続いて常吉と番犬「波の上」に引きあわせた。そのとき信吾は波の上に、カア助は翼の骨が折れて飛ぶことができないので、犬猫や変な人が近付いたら守ってやってくれよ、と言い含めておいたのだ。波の上は忠実に従ったのである。

「波の上、ごくろうさん。でも、集まったのはよく知った将棋会所のみんなだから大丈夫だよ」

信吾は波の上の頭を撫《な》でてやると、烏小屋を被っている筵を取り除いた。

子供たちが喚声を挙げたので、さすがにカア助は驚いたらしく両翼をばたつかせた。

——カア助。心配しなくていいからな。落ち着いて、堂々としたところを見せておくれ。

——烏はうるさいと人は言うが、自分たちのほうがよっぽどうるさいじゃないか。

子供たちはまさに騒がしいの一言であった。

「ひゃーッ、本当だ。本物の烏だ」

「あれれ、右の翼が垂れてるよ。怪我したのかなあ」

「真っ黒だな」

「ほらご覧なさい、鳥でしょ」

ハツはそう言うと彦一に胸を張って見せた。その胸がわずかに膨らんでいるのに信吾は気付いた。年が明ければ十四歳になるので、春の萌《きざ》しを見せ始めたのである。

子供たちの騒ぎにカア助は呆れ返っているが、信吾のひと言もあったので、特に怯《おび》えたふうではない。利口なカア助は、自分が安全な小屋の中にいるのがわかっているからだろう。

大人客も鳥を見ようと次々にやって来て、狭い庭はごった返している。

この際だからと、信吾はカア助を引き取ることになった経緯を説明することにした。

だれもが感心して聞いていたが、「でも、大丈夫かしら」と言ったのはハツである。鋭い感性を持ったハツの言葉だけに、信吾はなぜそう言ったのかが気になった。

「なにがだい、ハツさん」

「だって鳥はしょっちゅう動きまわってるでしょう。遠くまで餌を探しに行ったり、ほかの仲間同士と縄張り争いの喧嘩もするわ。それに塒《ねぐら》のある森や林に飛んで帰るって聞きました」

それなのにカア助は狭い鳥小屋に閉じこめられて、出してもらっても動けるのはこの庭だけである。

「だから体が駄目にならないかしらって、心配になったんだけど」

「さすがハツさんだ。まえの飼い主もそれを心配してね。いろんな運動をさせたそうだ」

「どんな、ですか」

「せっせと歩かせるといいらしい。もっとも鳩は早足ですたすたと歩くけれど、烏は歩くのが苦手でぴょんぴょんと跳ねるように動く。それとこれはどんな鳥もそうらしいが、背伸びをしたり、翼をおおきく持ちあげて、羽ばたかせるといいそうだ」

「だけど、カア助は翼におおきな怪我をしていますよ」

「だからなにかいい方法がないか、考えているんだけどね」と、信吾はその場に集まった将棋客たちに言った。「いい考えが浮かんだら、ぜひ教えてください。ということで」

まるでそう言うのがわかっていたように、腕白坊主の留吉《とめきち》が信吾の口真似《くちまね》をした。

「みなさん、ここがどういう所かご存じですね。将棋会所でございます。カア助はいつでも見られますから、どうか対局におもどりください」

子供たちだけでなく、大人客からも笑いと拍手が起きた。

相談客にあらず

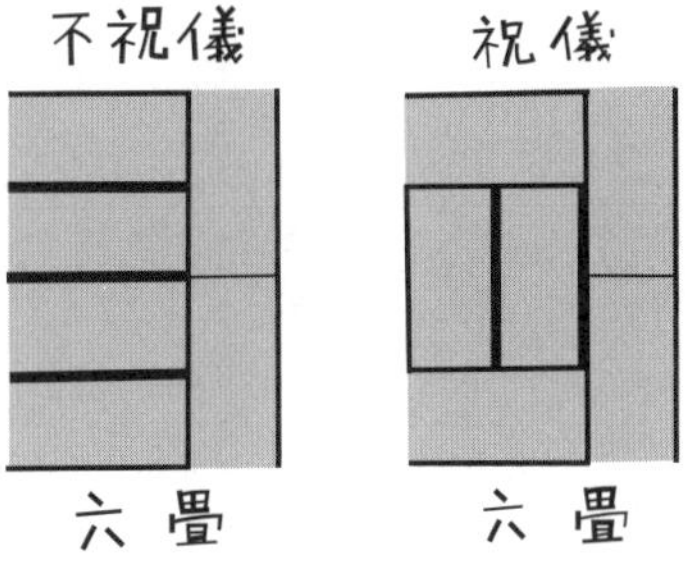

一

信吾に会いたい人がいると母の繁《しげ》が小僧を寄越したので、浅草東仲町《あさくさひがしなかちょう》の宮戸屋に出向いた。両親が営む会席と即席の料理屋と知ってか、浅草では一番知られた見世だから選んだのか、どちらかまではわからない。

その初対面で信吾は、なんとも言いようのない思いを味わったのである。

「日本橋畳町《にほんばしたたみちょう》で畳一式を商っております、備後屋忠治郎《びんごやただじろう》と申します」

三十代半ばのきびきびした動作の男は、そう名乗った。

備後屋は畳表の藺草《いぐさ》、芯材となる藁《わら》、絹や麻それに木綿などの縁《へり》材、畳糸に畳針、畳庖丁《たたみぼうちょう》、作業台などを手広く扱っている。常時かなりの職人を抱え、註文《ちゅうもん》に応じて畳造りから納品までの一切に応じていた。表替えや修繕を請け負うのは言うまでもない。

日本橋畳町はすぐ西の堀に鍛冶橋《かじばし》が架かり、橋を渡ると大名小路《だいみょうこうじ》のある御曲輪内《おくるわない》となっている。また北には日本橋、すぐ南の堀には京橋《きょうばし》が架けられていて、室町《むろまち》などと並ぶ東都の一等地であった。

備後屋は多くの商家、それも大店《おおだな》を得意先としている。大名家や大身旗本の屋敷だけでなく、大奥への出入りも許されているそうだ。信吾も老舗の大店であることは知っていた。

「信吾でございます。若輩者ですが、よろしくお引き立てのほどを願います」と挨拶してから、信吾は気持を正直に伝えた。「それにしましても、備後屋のご主人から悩みごとのご相談を受けることになるとは、思いもいたしませんでした」

信吾は言っている途中から、勘ちがいをしていたらしいとの思いに囚《とら》われた。そのため話しているうちに、次第に尻窄《しりすぼ》まりになるのが自分でもわかった。

備後屋も変だと思ったようで、かなり慎重な言い方をした。

「と申されると宮戸屋さんから、てまえが相談に乗っていただきたくて、信吾さんにお会いしたいとのお話が」

「いいえ、そのような話は一切。お客さまが備後屋さんだということも、今お会いして知ったばかりですから」

事情がわからぬ備後屋が戸惑うのを見て、信吾はあわて気味に言った。

「申し訳ありません。一人で訳のわからぬことを言ってと呆《あき》れられたでしょうが、実はこういうことなのです」

招きや呼び出しが掛かったとき、宮戸屋は信吾の都合を訊《き》いて会える日時を調整する。

招いた人物が用件を述べれば伝えるが、でなければその人の名をはじめなにも知らさない。信吾と宮戸屋のあいだでは、いつしかそれが暗黙の了解となっていた。

信吾は客の相談事をはじめ、相手の話したことはそれが秘密にするようなことでなくても、絶対に人に洩《も》らしはしない。宮戸屋の女将《おかみ》と仲居たちも、座敷で客の話した内容を洩らすことはなかった。商人にしろ武家にしろ、他人に知られてはならぬ内々の話が含まれることが多いからである。その禁を破っては信用を喪《うしな》い、料理屋も相談屋も成り立たない。

「お客さまが用件を話されたときには、もちろん伝えてくれますが」

「なるほど。そういうことですね。てまえは信吾さんにお会いしたいので都合を訊いてほしいとだけ、宮戸屋さんに話しましたから」

「これまで用件なしのお客さまはすべて相談のお客さまでしたので、なぜ日本橋界隈《かいわい》切っての大店備後屋のご主人が、てまえのような相談屋にと信じられぬ思いがしましてね」

「それで珍妙な顔をされた理由がわかりました。となるとてまえは思ってもいませんでしたが、備後屋は信用がある大店ということではないですか。信吾さんが意外に思われるのもむりはない」と言ってから、忠治郎は愉快でならぬというふうに笑った。「おおきな看板を掲げてはいても、内実は苦しくて借金だらけだとか、あるじは謹厳実直な振りをして周囲を騙《だま》し切っているが、女道楽が激しくて内も外も泣かせているらしい。となるといかなる相談だろうかと」

大店のあるじには、冗談が好きでなにごとも大袈裟《おおげさ》に話す人がいるが、備後屋忠治郎はその典型かもしれなかった。

「お戯れを。それにその手の悩みごとでしたら、備後屋さんがご自身で処理されるはずです。まちがってもてまえのような相談屋に、お見えのはずがないと思いましてね」

「変だなあ、と」

「そう思うしかなかったのですよ」

「それで頓珍漢な遣《や》り取《と》りになったということですか。これは愉快だ。いや、出会っていきなりこれほど痛快なことになろうとは」

備後屋はそこまで言うと体を震わせていたが、堪《こら》え切れなかったらしくあとは豪快な爆笑になった。

「お待たせいたしました」

声を掛けて襖《ふすま》を開けたのは、宮戸屋の女将で信吾の母の繁である。おなじようにおおきな角盆をまえに置いて、若女将の恵美《えみ》が物静かに従っていた。客の途方もない笑いにも繁は平然としているが、女将修業中の恵美は驚きを隠しきれないようだ。

女将と若女将が姿を見せたので、弾《はじ》けるようであった備後屋の笑いはようやく鎮まった。

「備後屋さんのお座敷は、いつもながらにぎやかですが、このようなば」と言葉を切り、わざとらしく繁は詫《わ》びた。「どうも失礼いたしました」

「馬鹿笑いでしょう。いやあ、自分でも驚いています。こんなに笑ったのは果たして何年振りだろう。まさに馬鹿笑いで、いつこれほど笑ったかまるで憶《おぼ》えがありません。まてよ、……初めてではありませんか。生まれて初めてというほどの馬鹿笑いであれば、憶えがなくて当然です」

はしゃいでいるとしか思えぬ備後屋に、繁と恵美は慎《つつ》ましやかに口を手で押さえた。しかしそこは料理屋の女将と若女将で、当たりまえのように二人に盃《さかずき》を手渡して酒を注《つ》ぐ。

備後屋は呑《の》まずに下に置き、信吾もおなじく下に置いた。銚子《ちょうし》は一人一本ずつであった。信吾は一合で赤くなり、二合で気持よく酔ってしまえる。三合入ると眠くなるクチであった。備後屋も信吾とそれほど変わらぬ酒量らしい。

女将と若女将が皿や鉢を並べるのを見ながら、備後屋は繁に目をやってから言った。

「信吾さんは食べ物に好き嫌いがないと女将に伺ったので、お任せで頼んでおきましたが、よろしかったでしょうか」

「畏れ入ります」

備後屋が馴染《なじ》み客《きゃく》であれば、信吾が宮戸屋の長男だと知っていてふしぎはない。であればと信吾はさり気なく惚《とぼ》けた。

「好き嫌いはありませんが、宮戸屋《みやこや》の女将はなぜかはわかりませんけれど、てまえの好みをよくご存じでしてね」

それを聞くなり備後屋は噴き出したが、繁はちらりと信吾を見たものの素知らぬ顔を通している。

「なるほど、信吾さんが女将の血をそのまま、しかも濃く引かれておることがよくわかりましたよ。となると楽しいひとときが期待できそうです」

そのときも信吾は、自分はなぜ呼び出されたのだろうと思った。

酒はともかく料理がこれほど早く出たということは、備後屋があらかじめ話しておいたからである。

料理の種類は多いがそれぞれの量は控え目で、器に品よく配され、あるいは盛り付けられていた。先付《さきづけ》が銀杏串打《ぎんなんくしう》ち、松茸寿司《まつたけずし》。八寸が子持鮎旨煮《こもちあゆうまに》、鶏肝松風《とりぎもまつかぜ》、栗《くり》の和《あ》え物《もの》。向付《むこうづけ》は旬の魚のお造りであった。煮物椀《わん》が松茸、才巻海老《さいまきえび》、銀杏の土瓶蒸し。焼物は銀鱈《ぎんだら》の胡桃味噌《くるみみそ》掛《が》けで、料理と器が目でも味わえるように工夫されている。

「あとの品はのちほどお持ちいたしますので、どうかごゆっくりとお楽しみください」

頭をさげて女将と若女将が部屋を出ると、備後屋は料理に箸を伸ばしながら言った。

「好き嫌いがないとなると料理屋さんにとって、これほど親孝行な息子さんはいないのではないですか」

「とんでもない親不孝者ですよ。見世を弟に押し付けて、家を出てしまったのですから」

「それだけ、江戸で初めてという相談屋を開く意味が、おおきかったからでしょう」

信吾の言葉にはいくらか自嘲も含まれていたが、備後屋は好意的に取ってくれたようだ。信吾は大店のあるじということくらいしか知らなくても、備後屋はかれについてなにかと知っているふうであった。もっとも、だからこそ座敷に呼んでくれたのだ。

となると迂闊《うかつ》なことは言えないし、相手の期待を裏切ってはならない。備後屋が相談屋を持ち出したとなると、やはりそれを話題にすべきだろう。

「この仕事を始めてそれほど経《た》ってはいませんが、悩んでいる人が多いのには驚かされました」

「悩んでいない、悩みのない人はまずいないでしょうが、その度合いと言いますか、差にはおおきなものがあると思います」

「ですが、ほんの一部なのです」と、信吾は言った。「考えられるかぎりのあらゆる手を打ち、それでもどうにもならずに、てまえのもとに来られるお方は」

「お仕事とはいえ辛《つら》いことですね」

「と申されますと」

「二進《にっち》も三進《さっち》も行かなくなって頼って来られるのですから、思いの丈をぶちまけるのでしょう。それを一人で受け止めねばならないのですからね。よほど心と体がしっかりしていなくては保ちません」

「であればこちらは楽なのですが」

二

「えッ、どういうことでしょう」

備後屋忠治郎が世間の人の多くとおなじ印象を、相談客に対して抱いているらしいことがわかった。となると信吾は、まずは相手の誤解を解かねばならない。

「この仕事を始めたばかりのころは、てまえも備後屋さんとおなじ思いでおりましてね。相談にお見えになるからには、どうにもならずに思い悩んだ末のことだと受け止めていたのです。ですから直ちに悩み事を打ち明けてくれるはずだ、と思っておりましたが」

「ちがっていましたか」

まさかと思ったのだろう、備後屋の目は真ん丸になっている。

「はい。それも大幅にです。もちろん時間は掛かったとしても、どこかで打ち明けてはくれるのです。でないと相談にならないし、解決できないですからね。それなのに直ちにという方は少ないのですよ」と、言葉を切ってから信吾は訊いた。「すぐに悩みごとを打ち明けてくれるお客さまは、どのくらいの割合だと備後屋さんは思われますか」

「信吾さんがそうおっしゃるからには、相当に低いということでしょう。まさかとは思いますが、五割に達していないようですね。しかしいくらなんでも三分の一、つまり三割三分三厘三毛は割ってはいないと思いますけれど。悩みについての相談があればこそ、相談屋さんに相談に来られるのですから」

おなじ言葉が並んだことに気付いてだろう、備後屋は苦笑した。

「だとすれば、なにはともあれ打ち明けるのが筋ではないかと」

信吾がそう言うと、備後屋はどう取っていいのかと思ったらしく困惑顔になった。

「そうとしか思えませんけれど、まさか三分の一にも達していないなんてことはないでしょうね」

会話を楽しむために数字を挙げながら大袈裟な言い方をしたらしいので、信吾は故意に淡々と告げた。

「一割を切っております」

備後屋は絶句したが、あとでポツリと洩らした。

「まさか」

「当然そうお思いでしょうね。てまえも信じられませんでしたから。三年と半年あまりこの仕事を続けてまいりましたが、今後のことを考えるために、それまでの相談事をあらゆる角度から洗い直してみました。つい何ヶ月かまえのことです。思ってもいなかった数字が出たので驚かずにいられませんでした」

　興味深げに聞いていた備後屋は、信吾が単なる印象や感覚だけで言っているのではないとわかったようだ。真剣な目付きに変わった相手に、信吾はうなずいて見せた。

「でも一割を切るのは、当然かもしれません」

「なぜ当然なのか、てまえにはさっぱりわかりませんが」

「多くの方がお困りの悩みの筆頭は、なんだと思われますか」

「そりゃお金。金銭の問題でしょう」

　即座に備後屋は答えたが、金に着眼するのは商人《あきんど》とすれば当然かもしれなかった。

「なるほど。そうしますと次はなにだと」

「次、ですか」と言ったものの、返答にはかなりの間があった。「やはり体のことですかね。健康上の悩み、病気に悩まされている人は多いはずです」

「いかにお困りだろうと、てまえどもでは金の融通はしておりません。提供できるのは考え方だけで、それよりなにより金に余裕などありませんから」

　笑うことを期待していた訳ではないが、相手はまるで変化を見せなかった。信吾の言ったことに、あれこれと思いを巡らせていたのかもしれない。仕方なく信吾は続けた。

「体に悩みがあれば、だれだって医者を頼ります。ですからてまえどもへは、お金と病気に関する相談はないのですよ」

「てまえどもとおっしゃいましたが」と間を取ってから、備後屋は続けた。「そう言えば、以前の看板は『めおと相談屋』でしたね」

「はい。『おやこ相談屋』に名を改めてからも二人でやっております。家内が女の方や娘さん、子供の相談を。てまえはおもに男性や、年輩の女性からの相談を受けているのです。二人で応じることも、というかそれを条件に相談にお見えの方もおいでですけれど」

「なるほど一人より二人、しかも夫婦、男と女ですから、幅広い悩みごとに対応できますものね」

「お金と体に関する相談がないとすると、てまえどもへの相談はなにが主となると思われますか、備後屋さんは」

話題が思いもしない方向に向かったからだろう、備後屋は腕を組んで考えこんでしまった。やがて腕を解《ほど》くと静かに盃に手を伸ばし、ゆっくりと口に含んだ。

「人とのあれこれ。人間関係についての悩みでしょうね」

「そうなんです。備後屋さんはお金と体に関する悩みを挙げられましたが、人との関わりで生まれる悩みはその比ではありません。ほとんどの相談が、人間関係での悩みだと言ってもいいくらいでしてね。よくもこれほどと思うほど、悩みの種は尽きることはないようです。まずは肉親ですが」

親子関係だけでも単純ではない。父親に母親、息子に娘だが、血の繋《つな》がりのあるなしや義理の関係もある。そして祖父母に孫まで含まれるのだ。さらに肉親となると、兄弟姉妹、伯父伯母と叔父叔母、従兄弟《いとこ》に従姉妹《いとこ》が主となるが、その伴侶や親や子、さらにその血縁と、実にさまざまな関係がある。

仕事の関わりにしても上役に同役と下役、同業に商売敵と実に多様だ。さらに師匠に弟子、弟子にしても兄弟子に相弟子、弟弟子がいる。ほかにも隣近所や趣味の仲間などなど。だれもが親しさの濃淡はあろうが、実に多くの人と関わりながら生きているとなると、悩みが生じない訳がない。

「さまざまな人とのあれやこれやから生じる悩みに較《くら》べると、金銭と健康の悩みは、言ってはなんですが単純だと思います。人との関係から生じる悩みは、ずっと複雑で微妙なんですよ」

「おっしゃるとおりかもしれません」

「お金と体でしたら原因が明らかだし、解決の方法も決まっています。金の都合がつけば、病《やまい》をちゃんと癒《なお》せたら、取り敢《とあ》えずはなんとかなりますから。人との関係から生じる悩みは、愛憎や金銭、名誉欲、物欲、性欲などさまざまな欲望によって微妙な絡みがあり複雑です。解決も難しいし、簡単に人には打ち明けることもできません。しかも肉親や友人のだれに訴え、相談すべきかもおおきな問題で、うっかり相手をまちがえると」

「とんでもないことになってしまいますね」

「話が飛びましたが、直ちに用件に入られる方が一割未満だということを、理解いただけたのではないでしょうか」

「おっしゃることは理屈としてはわからないこともないのですが、てまえにはどうしても一割以下だとは考えられませんで」

備後屋は一割というあまりにも低い数字に、こだわらずにいられないのだろう。しかしそれをわかってもらわないと話は進まない。

「今日明日に解決しなければならない、あるいは解決できる悩みは、思っているよりもずっと少ないのです。ですからほとんどの方が世間話などをしながら、悩みに関する相談に入られますね。四半刻《しはんとき》(約三〇分)から半刻(約一時間)ほどがほとんどですが、ときとして一刻(約二時間)をすぎることもございます」

「ほう、一刻も。……相談の件はと、うながしたりはしないのですか」

「急《せ》かすと打ち明けることができずに帰ってしまわれるほどの方も、ごく稀《まれ》にですけど」

「となると悩みを訊き出すことからして、大仕事ではありませんか」

「それに相談にお見えの方はどなたも、ある程度の時間と申しますか、日数が必要なことはおわかりのようです。初回で即答できて、悩みを解消できることはそれほど多くは、と言うよりほとんどありません。悩みごとを伺ってから、調べごとをしなければならないこともありますから。また解決に結び付きそうな方法がいくつかあり、どれが一番ふさわしいのか判断に迷うこともありまして」

「聞いてみなければわからないものですね。それにしても、すぐに打ち明ける人が一割に達しないとは」

またしても備後屋は一割を持ち出した。

「相談に来られても、話すべきかどうか迷って決断できぬままでいることもあるのでしょう。さまざまな問題を、どの順番で話せばわかってもらえるのか。それよりも深刻な悩みをこの男に打ち明けても、いやそのまえに、この男は打ち明けるに足る人物であろうかと、話を遣り取りしながら判断されていることもあるようです」

「心を決めて相談に来ると思っていましたので、来てからも心が揺れ動いている人がいるとは、なんだか信じられぬ思いがします」

「言葉にしないだけで、だれもが打ち明ける直前まで、どうすべきか迷っておられるようでしてね」

「なるほどそういうことですか。であればすぐに悩みごとを打ち明ける人が、一割もいないことも納得できなくはありませんが。それにしても驚き、と言うよりあまりにも意外で面喰《めんく》らっております。困ったことになって、あらゆる手を尽くしたがどうにもならない。解決しなければ破滅するしかないので、かくなる上は相談屋に持ちこむか。そのような逡巡《しゅんじゅん》の末に、藁にもすがる思いで悩みを打ち明けたら、快刀乱麻を断つごとく悩みは霧散してしまった。ああ、なぜもっと早く相談に乗ってもらわなかったのかと、臍《ほぞ》を噬《か》んだと、そういう流れを思い描いていたのですが」

信吾は備後屋の言葉に、思わずおおきくうなずいた。

「であれば、てまえもどれだけ楽なことか」

三

「相談屋さんの仕事が成り立つ秘密は、その辺の微妙さにありそうですね」

「まさに仕事、商売の不可思議さというものかもしれません」

「仕事となるとすべてそうなんでしょうが、相談屋という仕事も奥が深い」

「そう言えば近ごろは少なくなりましたが、開いてほどなくは相談にかこつけてと申しましょうか、興味本位で訪ねて来た人もありましたから」

「と申されると、一体どういうことなのでしょう」

「話が横道に逸《そ》れておりますが、よろしいでしょうか」

　果たして備後屋の知りたいことだろうかと思い、信吾は思わず訊いてしまった。

「もちろん。是非お聞きしたいですね。思いもしなかったお話ですので」

「それまで江戸にはなかった相談屋なる仕事を、二十歳のてまえが始めたものですから、一体どんな若僧がなにを考えてと思われたのでしょうね。お見えになられたのは、ほとんどが商家のあるじさんかご隠居さんでした」

「なるほど。だから相談にかこつけてと。相談事があると持ち掛ければ、信吾さんはかならず応じますものね」

「やはりどなたも、なぜてまえがそこに着眼したのかに、一番強い関心をお持ちでしたね。続いて仕事の実際についてで、どのように考えながら進め、壁にぶつかればいかに打破したかがお知りになりたいことの中心でした。商人はどうしても、そこに興味を抱かずにいられないようです」

「わかりますよ。だれだってそうでしょう」

「てまえが感心したのは、どのような悩みごとが持ちこまれたかということに、どなたも触れなかったことでしてね。ちゃんとした商家のあるじさんは、てまえがそれを話せないことを十分に承知されていたのです」

「その場合は本来の相談とはちがってしまいますね。相談料はどのように、と言うより興味本位で訊きに来た、はっきり言って野次馬ですが、そういう人からもらえるのですか。俗っぽいことを言って申し訳ないですが、なにしろてまえは一介の商人ですので」

「こちらが一方的に答えるだけでなく、話しあっているうちに話題が多方面に及びます。なにしろ経験豊かな、商家のご主人かご隠居さんですのでね。てまえにすれば、おもしろくてためになることを教えてもらったのですからと、謝礼は固辞したのですが」

「貴重な時間を割いてもらったので、そうもいかないと」

「はい。相談料の名目で謝礼を押し付けられました。それも一人二人でなくどなたからもです。年輩の方は、こちらが断れないように巧みに話を進められるので、受け取らざるを得ません」

「信吾さんは二十歳で、相談屋のお仕事を始められたのでしょう。海千山千の古強者《ふるつわもの》に、言い包《くる》められるのは仕方ありませんよ」

「あとはなにを勘ちがいされたのか、ご自分も相談屋をやりたいという方がいまして。大抵は黙って始めたようですが、中には訊きに来る人が」

「なにをどう勘ちがいされたのかという部分が、てまえにはわかりませんが」

「手軽にできる商売だと、思われたのではないでしょうか。まず元手が掛かりません。見世を構えなくてもすみますし、奉公人も不要です。てまえの場合は、借家で一人で始めましたからね。物を商う訳ではないので、品物を仕入れる資金は不要です。物を造るための機械や工具類を揃《そろ》える必要もありません。自分の口が商売道具ですから、看板を掲げさえすればすぐに始められます。本当はなにかとあるのですが、外から見ている方にはそこまではわかりませんから」

「実際の遣り方を訊き出すことさえできれば、すぐに金儲《かねもう》けができると考えたとしたら甘いですね。それに信吾さんが、そんなことを軽々に話す訳がないことすらわからないのでしょうか」

「そっくり話しました。相手の知りたいことには、きちんと答えましたけれど」

「なんですって」と、備後屋は信じられぬという顔になった。「だって競争相手になるかもしれないのに、なにからなにまで教えるなんて、まるで敵に塩を送るようなものではありませんか」

「どなたもそう思われるようですが、とんでもない誤解なのです。てまえが相談屋を開いたのは、世間の人の悩みを少しでもなくしたいと願ったからですので。と申しても、ご理解いただけませんよね」

　事情を話さないかぎり、わかってもらえるとは思えなかった。

　信吾は三歳時に三日三晩高熱に苦しめられ、医者が匙《さじ》を投げたほどの大病から奇跡的に助かったこと、長じるにつれ、人の役に立つようにと神か仏が生かしてくれたとしか思えなかったこと、その結果として、相談屋を開いたことを打ち明けた。

「人さまの悩みをなくしてあげたいと考えている人は、てまえにとっては同志であり同朋《どうほう》なんですよ。ですから問われたことには、すべて答えました」

「いやはや」と、備後屋は信じられぬという目で信吾を見た。「いやはやと言うしかありません。信吾さんは一体、なんて方なんだろう。度肝を抜かれたと思ったら、すぐにその上を行くのだから敵《かな》いません」

「相談屋をやりたいとの目的がはっきりしているだけに、どなたも実に熱心でしてね。具体的なことを事細かに訊かれて、正直なところ閉口しました」

呆れ返ったというふうに何度も首を横に振ってから、備後屋は商人らしい顔にもどった。

「根掘り葉掘り訊いて始めはしたものの、成功した者はいなかったのではないですか」

一瞬にしてそのように判断したところは、さすがに大店のあるじである。

「なぜそのようにお考えなのでしょう。商才に長《た》けておれば、てまえなどより遥《はる》かに要領よく」

「そのまえに、商人としての心構えができておりません。それでは遅かれ早かれ腰砕けになります」

姿勢の問題を言っているのだ。まさにそのとおりで、信吾は自慢と取られかねないと思いはしたが、正直に話すことにした。

「てまえは二十歳でしたから、経験の少ない若僧に相談する者など、まずいないだろうと思っていたのです。ですから相談があれば、誠意をもって取り組みました。うまく解決できると、その人の友人知人に困っている人がいたら紹介してくれるかもしれません。それにしたって、コツコツと励んで客層を拡《ひろ》げられたとしても、五年は赤字だと覚悟していました。そのため将棋会所を併設して、日銭を得ることでなんとか凌《しの》いできたのですが」

「後発の人は信吾さんの成功を知って、相談屋の看板を掲げたら直ちに客が集まり、金儲けができると」

「ほとんどの人がほんの半年、ひどい場合は二、三ヶ月の資金で始めたようですから」

「商いの心構えができていない上にそんな安易な気持では、とても成り立つ訳がありません」

「本当にさまざまな方がお見えになりましたね。相談客を装って、まるでちがった目的でお見えの方も」

「例えば」

「戯作者《げさくしゃ》の方が、相談屋にはさぞかしさまざまな困った人が来るだろうから、話の材料はいくらでもあるだろうと」

「戯作者にしては短慮ですな。相談屋が客の秘密を打ち明けては、仕事を続けられる訳がないことがわからないようでは、物書きとして成功はできませんよ」

　相談屋の具体的な仕事に関してはほとんど話していないが、大店のあるじとなれば本質を瞬時に摑《つか》むことができるらしい。となれば話しやすかった。

「それがわかっていながら、いらしたみたいでしてね」

「どうなさいました。まさかうっかりと」

「それこそ、まさかですよ。ただとても魅力的な方で、話していてともかくおもしろいし楽しい。ですからそれきりにしたくなくて、喜んでもらえそうな話を考えて話したのですが、実際にあった話ではないと見破られました。もっともそれを元にして、戯作をお書きになりましたけれど」

「作り話だと看破し、しかもそれを独自の物語にしたとなると、ただの戯作者ではないですね。なんとおっしゃる方ですか」

　時間が停止したような奇妙な間のあとで、二人は思わず顔を見あわせた。信吾が戯作者の名を明かせないのがわかっているので、同時に噴き出してしまったのである。備後屋がおもしろがっているのがわかったので、信吾は話を続けた。

「こういう人も多かったですよ。知りあいとか、友人の悩みをなんとしても解決してやりたいので、相談に乗ってもらえないかとお見えに」

　そこまで言っただけで、備後屋にはすぐにわかったようだ。

「その実、ご自分の悩みだったのですね。相談屋さんとしては、どの時点でそれに気付かれるのでしょう。と問うこともありませんね。最初からとまでは申しませんが」

「はい。かなり早くわかりますね。こちらが気付いたことを相手に気付かれぬよう、とても気を遣いますけど。その手の話は商売上の遣り取りでも多いはずですから、備後屋さんにはお手のものでしょう」

「いえいえ、とてもとても」

そのようにおなじ言葉を繰り返すとき、人は余裕を持っていることが多い。備後屋が信吾を量っているのは感じていたが、気が付くと信吾も備後屋を量っていたようだ。

話しているうちに、信吾は備後屋忠治郎に強く惹《ひ》かれるものを感じていた。これまでに魅力を感じた人は何人もいるが、その人たちと遜色ない魅力を感じずにはいられなかった。ちょっとしたことにもおもしろみを感じるなど、それだけでなく信吾は多くの相通じる部分を感じていたのである。

どうなるかわからないが、できれば長く付きあいたいと思ったのであった。

四

「失礼いたします」

声を掛けてから襖が開けられ、女将と若女将が料理と酒を運びこんだ。

「お話の潮合《しおあい》のようですので、お替わりをお持ちいたしました」と、食べ終えた皿や鉢をさげながら繁が言った。「あらら、お料理は気に入っていただけたようですが、ご酒《しゅ》が進んでいないですね」

「いやぁ、呑むのを忘れるほど話が弾んだもので、と言ってもてまえは信吾さんのお話を聞いて、ただただ驚かされてばかりいたのですが」と備後屋は、冷めた酒がわずかに残った盃を派手な動作で呑み干した。「さすがに上等の下り酒です、冷めても冷めたなりにおいしい」

「まあ。お上手ですこと」

遣り取りは繁に任せ、恵美が新しい料理の皿と鉢を並べ始めた。

「お凌《しの》ぎが菊と法蓮草《ほうれんそう》の土佐酢《とさず》掛け、それにずわい蟹餡《がにあん》掛けです。鉢物が海老芋《えびいも》五彩揚《ごさいあ》げ。お食事が松茸の土鍋ご飯に香の物、赤出汁《あかだし》でございます。水菓子は有りの実を、溶いた砂糖とお酒でじっくりと甘煮にしてあります」

女将に言われていたからだろう、若女将の恵美が料理の説明をした。持ち味の明るい声と落ち着いた話し方で、どうやら合格点であったらしく、繁は満足そうな笑みを浮かべている。

「では、ごゆるりと」

二人が部屋を出て襖を閉めると、備後屋は銚子を取りあげて信吾をうながした。盃を満たしながら、弁解するように言った。

「どうも失礼しました。自分が呑めないものですから、ついお客さまへのお酌が留守になってしまいまして」

満たされた盃を下に置くと、信吾は銚子を手に備後屋の盃に注いだ。

「てまえは一合で真っ赤になりますから、備後屋さんがあまり召されないので、ほッとしていたのです」

「そうでしたか。遠慮なさっているのでないとわかって、安心いたしました。でしたら、てまえと同程度ということになりますね。これからも同類相求むで、話を楽しもうではありませんか。くれぐれも同病相憐《あわ》れむとならぬよう」

「実は言いそびれていましたが」

「どうか遠慮なくお話しください。同類の誼《よしみ》を通じましょう」

備後屋はおもしろがっているのかもしれないが、短い中にそれだけ「同」が続くと、さすがにくどく感じずにはいられない。

「そのようにおっしゃられると」

「でしたら酒を呷《あお》って、その勢いで」

「ますます言いにくくなってしまいますが、実はどのような理由でてまえをお招きいただいたのかと、まことに野暮の極みですが」

「話せば信吾さんは怒りますよ」

「とんでもない。なぜにてまえが」

「それこそ野次馬の極みでして」

野暮の極みを踏まえて言ったのはいいとして、「信吾さんは怒りますよ」とはどういうことなのだろうか。

「ともかく愉快でおもしろい男がいてね。名前は信吾と言う。呼び捨てにして申し訳ないですが、話した男がそう言ったもので」

「どうか気になさらずに」

「考え方が型破りと言うか、独特なので話すたびに驚かされる。しかも類を見ないほどの、とんでもない変わり者なのだ、と言われまして。それも一人や二人からではありませんでしたから。ともかく騙されたと思って、会ってみろよと言われましてね」

「類を見ない変わり者ですか。本人としては、平凡でありふれた男だと思っているのですが」

「己《おの》がことはわかっているようでいて、意外とわからないものです」

「いえ、まともだと言ってる訳ではないのです。へんてこなやつ、妙なやつと言われることは、たまにですがありますから」

照れもあって信吾はつい笑ってしまったが、備後屋はまじめな顔で続けた。

「ともかくふしぎなのは、信吾さんと話しているうちに奇妙なことが起きると、何人もに言われたのですよ」

「奇妙なことと申されると」

「それまでぼんやりとしか見えていなかったものが、なぜかはっきり見える。曖昧でしかなかった思いの断片が、急に集まって明確な形を成す。まるで煮た大豆の搾り汁に苦汁《にがり》を加えると、真っ白な豆腐ができるように、信吾さんと話していると自分の胸の裡《うち》で新しいなにかが生まれることがあると」

備後屋の話を聞きながら、信吾は自分のことを言われているという気がしなかった。むしろ備後屋と話していて、それまで曖昧だった部分が見え始めた気がしていたのである。

備後屋がおおきくうなずいたのは、信吾の言ったことよりも、自分の考えていることに対してであったようだ。

「そのように何人もから言われましたから、まさに野次馬としか言いようがありませんが、なんとしてもお会いしたくなりましてね。あれこれ訊いてみますと、江戸で初めて相談屋を開いたばかりか、瓦版で取りあげられたほどの武芸者だとのこと。その極め付けは、てまえも贔屓《ひいき》にしている宮戸屋のご長男だという。旦那も女将も大女将とも親しくしてもらっているのに、その息子さんのことを知りもしなかったので、さっそくご本人を呼んでもらったという次第なんですよ」

「お招きいただいた事情はわかりましたが、がっかりされたのではないですか、見掛け倒しだったと」

「とんでもない。わずかなあいだ話をしただけで、てまえは信吾さんがその若さで成功された理由の一部を、垣間見《かいまみ》た思いがしましたから」

「成功だなんてよしてください。相談事が増えたので多少は上向いてまいりましたが、赤字続きで四苦八苦しているのですから」

手取り額の多少によって黒字の月もないではないが、相談所としてはまだまだ赤字であった。ところが備後屋は、とんでもないと首を振ったのである。

「成功、大成功ですよ。二十歳の若者がそれまで江戸になかった相談屋を創業し、ほどなく四年になろうというのですから、それだけ続けてこられたのは瞠目《どうもく》すべきことです。大成功と言うしかありません」

「ようやく三年八ヶ月目に入ったばかりです。それに将棋会所で日銭を得ているので、なんとか持ち堪《こた》えている状態ですし」

「話を逸《そ》らせてはいけません。てまえは信吾さんがその若さで成功した理由の一部がわかったと、それを話そうとしたのですからね」

だから成功ではないのだと言えば、水掛け論になってしまう。

「お話ししていてというか、お聞きしていてわかったのですが、信吾さんは物事の枝葉に囚われず、常に幹を見ようとしています。だから悩んでいる本人には見えない解決の糸口が、見付けられるのではないでしょうか」

「あッ」

ちいさくはあったが声に出してしまった。

「どうなさいました」

「あ、いえ。気になさらないでください」

「もしかするとてまえが申したこと、あるいはそれに近いことで、思い当たることがあったとか」と、備後屋は信吾の目を凝視したままで言った。「でなければ、どなたかからよく似たことを言われたとか、まるっきり関係ないことを言われたのに、突然のように天啓のごとき閃《ひらめ》きを得られたとか」

それがあったから、信吾は相談屋を続けて来られたと言っても過言ではない。

五

「欠点、短所はできればなくしたいが、簡単になくせるものではない。だがそれを長所にできるかもしれないとある人に言われ、言われた意味だけでなくなぜ言われたのかもわからず、てまえはぼんやりしてしまいました」

あれはいつのことであっただろう。名付け親の巌哲《がんてつ》和尚に言われたことが、心に強く刻みこまれている。

「するとその人に、おまえにはできるかもしれないと言われたのです。まるで訳がわかりませんでしたが、さらにこう言われました。大抵は欠点を長所にだなんてそんな馬鹿なと、ひと口で打ち消してしまうものだ。そんな者には絶対に欠点、短所を長所に変えることなどできはしない。だが信吾はじっと考えていた。だからできるかもしれん。いや、そういう者にだけできるのだ、と」

「その人がそうおっしゃったのは、信吾さんに余程なにかを感じられたからですよ」

「そうではないと思います。訳がわからなくて、ぼんやりしていただけでしたから」

「しかし、そのままでは終わらなかったのでしょう」

どこからどう話せばわかってもらえるだろうと信吾は懸命に考えたが、備後屋は急かすことなく待っていた。

「まえにも申しましたが、てまえは二十歳で相談屋を開きました。開きはしたものの、経験の少ない若僧に相談する者などいないと思っていたのです。予想どおり始めた当初は相談客はなく、たまにあっても十代後半から二十代半ばの同年輩の相談がほとんどでした。ところが一年半か二年目ほどから、年輩のお客さま、それもてまえの父親かそれ以上の齢《とし》の方が、相談に見えるようになりました」

なぜだろうと思ってそれとなく話を向けてみると、思いもかけないことを言われたのである。それはあなたが若いから、年寄りに見えない部分を見ることができるからそこに期待したのだ、と。ますます訳がわからず混乱してしまった。

年寄ることとは経験を積むことである。さまざまな人と知りあえるし知識も増える。知識と経験が豊かになれば、次第に物事に対処できるようになるのは当然だろう。成功もすれば失敗もするが、失敗は繰り返さなければいいし、成功したことは、それから起きることの参考になる。

そのようにして経験が人を利口にしてゆく。知恵が付き、急な変化に戸惑うことなく、危機も乗り切ることができるようになるのだ。

ところがそこに落とし穴があって、経験が人を縛るようになる。なにごともうまくいったときの過去の経験をもとに、判断するようになってしまうからだ。やがて経験と知識によって雁字《がんじ》搦《がら》めになって、正しい判断ができなくなることが増える。

だが若い人は縛られるほどの知識や経験がないので、それらに囚われることがなく、経験豊かな老人より遥かに自由だ。迷路に嵌《はま》ってしまった老人は、経験と知識が何枚もの幕になって遮るので、目のまえにある出口に気付くことができない。

若い者はそういったものがないので、出口がはっきりと見えることがある。

「若いということは経験も知識も少ないことで、それは欠点でしかないかもしれない。だが余計なものに囚われず、重要なことのみを見据えられる点で、強力な武器になるのではないか。要は物事に対する考え方、見方であって、視点を少しずらすだけで見えなかったものが見えることもある、そういうことを言われたのです」

「そのように言ってくれる人が身近にいてよかったですね。もっとも信吾さんが、言われたことをちゃんと活《い》かせたからですけれど」

「その言葉が頭の片隅にあったから簡単に諦めなくなって、少しずつお客さんの悩みごとを解決できるようになったのかもしれません。最初のころは解決できて喜んでもらえるのはせいぜい一割ほどでしたが、最近は四分の一、いや三分の一くらいは悩みを解消できている気がします」

信吾は備後屋と話していて、曖昧であった部分が見え始めたように感じたことを思い出した。

話が聞きたくて備後屋は宮戸屋に信吾を招いたと言ったが、問われたことに答えているうちに、信吾は相談屋として自分がやってきたことを俯瞰《ふかん》することができた。またとないその機会を、備後屋が作ってくれたのである。

信吾は物事の枝葉に囚われず、常に幹を見ようとしていると備後屋は言った。自分がそれを心掛けるようになったのは、かつて短所、欠点を長所に切り替えられることもあると言われたことに心を打たれたからだ。常にそれを考えるようにしていたので、少しずつではあるが一番重要なことに目を向けられるようになったのかもしれない。

「いやあ、信吾さんに来ていただいて、思いもしなかったお話をお聞きすることができて、本当によかったです。これからもときどきお会いしたいですね」

「同類相求む、として」

「そういうことです」

「でしたら次回は備後屋さんに、畳に関することを教えていただきたいのですが」

「信吾さんに相談屋のことを教えていただいたので、そのお返しをしなければならないのはわかりますけれど」

　そう言った備後屋の口調は、それまでの滑らかさからは信じられぬほど、歯切れが悪かった。なにか明らかにできぬ、業者間の取り決めでもあるのだろうか。

「不都合があるのでしたら、むりにとは申しませんが」

「いや、そうではありません。話すこと自体は吝《やぶさ》かでないですが、つまらないのですよ」

「と申されても」

「相談屋さんは相手が人ですが、畳屋が扱うのは畳という物です。わかりきったことをとお思いでしょうが、こういうことなのです」

人は変幻自在と言っていいほど、そのときどきでいかようにも変わるものだ。似通った部分があるように思えても、人は一人一人がまったくちがっている。だから相手にしておもしろいが、畳は物であって、材料も作り方も使い方も決まっていて変化がない。

「ですが材料の一つの藺草にしても、産地の土壌とか風土によって微妙なちがいがあるのではないですか」

「例えばどのような」

問われて言葉に詰まったが、黙っている訳にいかない。

「素人考えですが、材質が硬いか柔らかいか、細いか太いか、長いか短いかですね。あとは色や香り、乾燥のさせ方のちがいが」

「それを考慮して仕上げるのが職人です。だからお話はできますが、すぐに退屈されるのではないですか。それがわかっているだけに、てまえとしてはあまり気が進まないのですよ」

「備後屋さんは誤解なさっていますね。相談屋をやっておりますと、いつ、どういうときに、なにが、相談客の悩み解決に役立つかわからないのです。そのためにも、てまえはどんなことであろうと知っておきたいのですよ。だって寝ているときは当然として、ほとんど一日中と言っていいほど世話になっていながら、畳についてはほとんどなにも知らないことがわかりましたから。畳はあまりにも身近にあって、というよりありすぎて、日々の営みに溶けこんでしまっています。畳について考えるどころか、感じることすらありません。てまえは今、そのことに気付いて自分でも驚いているのです」

　信吾は少しも大袈裟に訴えたつもりはないが、備後屋には滑稽でならなかったらしく噴き出しそうな顔になった。

「だれかが言っていましたが、やはり信吾さんは類を見ないほどの、とんでもない変わり者ですね。わかりました。それでは次回は畳談義というほど大仰でなく、畳を巡る雑談ということにしましょう。でしたらそれに関しては、てまえに任せていただいてよろしいでしょうか」

　もちろん信吾に異存はない。

　互いの都合から時間の取れる日時をということで、なんと三日後の同時刻に宮戸屋でと決まった。料理は女将にお任せということになり、信吾が招待することになったが、備後屋は受け容《い》れた。以後は対等な付きあいにしたいとの思いが、双方にあったからである。

六

　二度目の備後屋忠治郎との席は、宮戸屋二階の六畳間に設けられた。じっくり話したい客のための、奥の小部屋である。

「畳という言葉って変だと思われませんか、信吾さんは」

挨拶が終わり、最初の盃を干すと備後屋がそう訊いた。

「と申されますと」

なにがどうというのではなく、言葉について問われても答えようがなかった。ただ備後屋としては前回、退屈するだろうから気が進まないと言った以上、なんとかおもしろく聞いてもらいたいと、趣向を凝らしているのかもしれなかった。

「畳むというのは傘や扇子、それに提灯《ちょうちん》なんかを折り畳むことでしょう。風呂敷や着物はちいさく畳んで重ねたり積みあげたりします。畳は重ねて積みあげはしても、とても折り畳むことはできません。でしたら畳と呼ぶこと自体に、むりがあるのではないですかね」

頭から問答を仕掛けてくるとは思ってもいなかったが、となると備後屋は信吾を試しているということになる。ここは相談屋として、なんとしても及第点を取らねばならない。畳という品物ではなく、畳むという動作、おこないの面から問いを投げ掛けたとなると
……、そうか、と信吾は思い至った。

「畳は畳もうとしても、まず畳むことはできませんね」

「でしょう」

「しかし畳むという言葉から、畳は生まれたと思うのですよ」

信吾がそう言うと、備後屋の表情に薄《う》っすらと笑みが浮かんだ。

「なぜ、そう思われたのでしょう」

「畳は硬くて厚いですが、厚みはどのくらいあるのですか」

「かなりの幅がありますが、一寸五分（約四・五センチメートル）くらいが普通ですね。薄くて一寸（約三センチメートル）、厚くて二寸（約六センチメートル）というところで、もっと薄いのも厚いのもあります」

「ですが、初めからそんなに厚くなかったと思いますよ。筵《むしろ》は藁が材料ですが、莫蓙《ござ》とか薄縁《うすべり》は藺草で編まれていますね」

「おっしゃるとおりです」

「畳も最初は莫蓙や薄縁と、大差なかったのではないでしょうか。それが坐《すわ》る人の地位とか身分のこともあって、ぺらぺらの薄い物では具合が悪い。もう少し、厚くてがっしりしたものにできんのか、などということになって、次第に分厚く硬くなって、折り畳めなくなったのではないですかね。だから初期の畳は自由に折り畳めたと思いますよ」

「なにも知らないとおっしゃりながら、そこまでおわかりなら話しやすいです。実は九百年あまりもまえに出た『倭名類聚抄《わみようるいじゆしよう》』には、畳とは薄い敷物の類《たぐい》と出ているそうです。信吾さんのおっしゃった莫蓙や薄縁などの類を畳と呼んでいましたが、分厚く頑丈になって折り畳めなくなってからも畳と称したのです。畳むの本来は折り畳むではなくて、重ねるという意味だったそうですから、当初はなんの矛盾もなかったのですね。ところが敷物のうちで畳だけが硬く分厚くなった。しかもそれが敷物の代表のようになってしまったので、今の人には矛盾と感じられるでしょうね」

「さすが老舗のあるじさんですね」

それが信吾の正直な気持であった。

「てまえは父や同業の長老から聞いただけの知識ですが、その範囲でよろしければお話しいたします」

そう言いはしたものの、すらすらと書名が出るところからして、あれこれと調べているのではないだろうか。備後屋の顧客は大店の商家が中心とのことだ。あるじや隠居には、なにかと知りたがる者が多い。

また大名や大身旗本の屋敷に出入りしているなら、用人などから、場合によっては大名や旗本から問われることがあるかもしれない。老舗のあるじとしては、どのような質問にもすらすらと答えなければならないからである。

ということで備後屋の畳談義、いや雑談は始まったが、素人の信吾が相手なので、内容は平易でわかりやすかった。

いわゆる畳に至るまでの過程を、備後屋はかなり端折《はしょ》ったようである。ということは、素材や製作過程のことは前回言ったように、決まりきっているし、単純でおもしろみがないということだろう。それよりも現今の畳についてのほうが、興味深い話が多いということなのだ。

ごく初期の敷物は、枯草や藁などを敷いて坐ったり寝たりしていたのだろうが、やがて束ねて利用するようになった。束ねることで持ち運びに便利になったが、そのうちに藁や藺草を編むことが始まったのである。丸められるだけでなく、折り畳めるし重ねられるので、さらに利用の範囲が拡がった。

人が集団で生活していると、次第に身分の開きができる。最初は身分の高い者だけが、藁や藺草で編んだものを敷物として使っていた。それが位の低い者にも広まると、上位にいる者は何枚も積み重ねて高くする。良い材料を選び美麗な縁を付けることで、地位を明らかにしたということだ。

「四百年ほどまえに書かれた『海人藻芥《あまのもくず》』には、畳之《の》事として帝王や院、つまり天皇や法皇は繧繝縁《うんげんべり》、親王や大臣は大紋高麗縁《こうらいべり》、大臣以下公卿《くぎょう》は小紋高麗縁。僧侶は僧正以下、学者や故実家の有職《ゆうそく》、非蔵人《ひくろうど》の非職《ひしき》、殿上人《てんじょうびと》の雲客《うんかく》と四位《しい》、五位の位の人は紫縁、六位の人、侍、寺社三種の役僧である三綱《さんごう》は黄縁となっています。つまり身分や位によって、色分けされていたのですね」

最初の厚みのある敷物は、人ひとりが坐るためのものは半畳前後、寝て休むほうは一畳ほどの広さおおきさであったと思われる。ずっと以前は板敷での生活だったので、その人物の坐る場所、寝る場所のみに畳を敷いていた。広い部屋では畳を追い廻《まわ》しに敷いていたが、やがて部屋全体に敷き詰めるようになった。

その後、書院造りなどで畳敷きが定着したことから、次第に庶民の間にも広まってゆく。縦横が二対一の畳は広さの基準となり、畳の枚数で部屋の広さを示すようになった。

その材料にも魅力がある。藺草の清潔感と感触の良さ、青畳のなんとも言えぬ爽やかな匂いが、万人の好むところとなったのだ。

また夏涼しく冬暖かいこともあるが、襖を外せば大広間にできる便利さも捨てがたい。襖や障子、衝立《ついたて》との組みあわせのすっきり感、さらに床の間の出現で安定感も生まれたのである。

「駆け足になりましたが、そのような手順を経て畳の上での今の生活が始まった、と考えてよろしいでしょう」と、間を置いてから備後屋は続けた。「それにしてもだれが決めたというのではなく、自然とそうなったのでしょうが、縦横の一対二の割合はなんとも見事ですね」

「部屋の広さに応じて、いろいろな組みあわせ方で敷けますから」

「しかも敷き替えることができます。信吾さんは祝儀敷きと不祝儀敷きがあるのをご存じでしょうか。畳には吉の敷き方と凶の敷き方がありましてね」

「祝儀と不祝儀、吉と凶と言いますとまるで正反対ですが、まさか不祝儀だからって裏返して敷いたりはしませんよね。あッ」

なにかを感じたり、思い付いたり、思い出したりするとき、つい「あッ」とちいさな声を出すのは信吾の癖であった。

「どうなさいました。なにかご存じでしたか。それとも」

「母方の祖父が亡くなった六歳のとき、いつもと畳の敷き方がちがうと。はっきり憶えている訳ではありませんが、なんとなく変だなと思ったことを思い出しました」

「祝儀敷きを葬儀のために、不祝儀敷きに敷き改めたのですね。もしかして裏返して」

「まさか」

「どのように変えたかまでは、憶えておられないですか」

「はい。ただちがっているとしか」

「大広間は当然として、六畳間や八畳間でもけっこう大仕事なので、敷き直さないところが多いと思います。さすがは宮戸屋さんだけあって、やるべきことはちゃんとやってらっしゃる」

祝儀の敷き方は昔の婚礼のときの敷き方で、今はそれが普通の敷き方となっている。そして葬儀のときのみ敷き直すということだ。

まず、床の間のまえに敷く畳を床と平行に敷く。つまり横長に敷くのだ。それ以外は畳の合目《あわせめ》が丁の字になるように、遣りちがいに敷く。こうすると見た目が華やかで、美しく感じられる。床の間がない部屋では、出入り口に敷く畳を基準として、おなじ要領で敷くことになっている。

例えば六畳間の場合は最初の畳を横に敷き、その下に縦に二枚を並べて敷く。その下に横に一枚を敷き、その四枚の右側か左側に縦に二枚を繋げて敷く。これで六枚となるが、これが祝儀敷きである。

不祝儀のときは、畳の角が四つあわさって十字になるように敷く。

初めにまず一枚を横に敷き、その下に横、横、横と三枚を敷く。その四枚の左右どちらかの側に縦に二枚を繋げて敷くのは、祝儀敷きとおなじだ。

「言われると理屈ではわかるでしょうが、頭にすっきりと納まらないのではないですか」

言いながら備後屋は、懐から布の包みを取り出して中身を畳の上に拡げた。見れば縦が一寸横が二寸ほどの薄板で、なんのことはない畳をうんと縮小したものだ。中に一寸四方のものも混じっているが、これがあれば四畳半や七畳半が作れる。

あるいは間取りを客に話すときなどに、わかりやすく見せようと使っているのかもしれなかった。備後屋は信吾に説明するために用意したのだろう。

「例えば三畳間の祝儀敷き、つまり吉の敷き方だとこうなります」

そう言って備後屋は横に一枚、その下に縦に二枚を並べた。そのようにして薄板を祝儀と不祝儀、部屋の広さによって四畳半、六畳、八畳、十畳、十二畳というふうに形にして見せた。

「こうして見せていただくと、実によくわかりますね」

「畳には布の縁が付いていますが、縁はどちらに付いているか信吾さんはご存じですか。長い横のほうか短い縦のほうか、ということですが」

どちらにと言われたということは、四辺すべてには付いていないということだ。自分の坐った畳に答は出ていた。

「横ですね」

「はい。ところで横に縁の付いた畳を二枚並べると、縁の幅は二倍になりますね。さまざまな並べ方をすると、縦横の何ヶ所もで普通の縁と倍の幅の縁ができることになります」

信吾は脳裏に思い浮かべてみた。畳の上に置かれた薄片を見るまでもなく、それくらいはわかる。

「見苦しいというほどではありませんが、なんとなく不自然で落ち着きませんね」

そう言いはしたものの、借家の畳の縁がどうなっているか、信吾は思い出すことができなかった。

「それを解消し、縦に敷いても横に敷いても、つまり縁が縦になろうが横になろうが、常におなじ幅の縁が出るようにするための方法がありまして」

そこで備後屋が少し間を取ったのは、信吾の意見を期待したのだろう。しかし皆目見当も付かなかった。

「どの縁もおなじ幅となるようにしたのを一本縁《いっぽんべり》と言って、じつにすっきりとしたものです。そのために縁なし畳を作りますが、これにも二種ありましてね」

ここまでくると、畳の上で日々の生活を送っていながら、信吾にはまったくお手上げであった。

七

「四畳半がわかりやすいでしょう」と言いながら、備後屋は薄片を並べた。「四畳半には、半畳が四枚の畳を組みあわせた中央に来るのと、片隅に来る敷き方があります。中央に来る例を取りましょうか」

普通の畳は長い辺に縁を付けて短い辺には付けないが、どの辺もおなじ長さの半畳は、左右に縁を付ければ上下はなしで、上下だと左右がなしとなる。ところが一本縁にすると、半畳の上下左右に一畳の縁あり畳の長辺が来るため、半畳は四辺とも縁なしでなければならない。

「一畳の畳の場合も左右に来る畳との関係で、両側縁ありの普通のもののほかに、片側縁なしと両側縁なしを作ります。そうしてどの縁もおなじ幅になるように敷くのですが、それが一本縁で、全体をすっきりと見せます」

信吾は思わず溜息《ためいき》を吐《つ》いた。

「先日、てまえが相談屋のことで話したとき、備後屋さんは何度も『それにしても相談屋は奥が深い』と申されました。今てまえはおなじ言葉をお返しします。『それにしても畳屋さんは奥が深い』と。そうとしか言えませんもの」

「畳はどれもおなじおおきさだと、信吾さんはお考えでしょうね」

信吾には備後屋が、なぜそう訊いたのかすらわからなかった。

「約束事となっているはずですから、当然のことではないのですか。大工さんが家を、畳屋さんが畳、建具屋さんが襖や障子をべつべつに作ります。でありながら仕上がれば、畳を敷き、襖と障子を入れると、人がすぐに住めるようになるでしょう。それとも」

備後屋は信吾の話の途中から笑い始めたが、その理由はすぐにわかった。

「てまえの訊き方が悪かったですね。おなじ地域では当然ですが、どれもおなじおおきさでなければなりません。京間《きょうま》という言葉を聞いたことはおありでしょうか」

残念ながら聞いたことがないが、京間というからには京都の畳を敷いた一間のことだろう、くらいしか思い付かない。

「江戸では六尺（約一八〇センチメートル）を一間《いっけん》とするので、江戸間《えどま》の畳は横が五尺八寸（約一七六センチメートル）、縦が二尺九寸（約八八センチメートル）となります。京間では六尺五寸（約一九七センチメートル）を一間とするので、横が六尺三寸（約一九一センチメートル）、縦が三尺一寸五分（九五・四センチメートル）となるのです」

江戸間で一間が六尺にならず五尺八寸となるのは、柱の中間を取るからだそうだ。備後屋によると、江戸間の六畳は京間では五・一畳となり、四畳半は三・八畳に相当するとのことであった。

おなじ六畳や四畳半でも、京間と江戸間でそれほどの差があるなど、信吾は考えたこともなかった。

幕府が江戸にあっても、京都が国の中心だと考えている向こうの人々は、江戸間を田舎間と呼ぶそうである。

備後屋が畳は相談屋ほどおもしろくないと言ったのは、このような数字的なことに偏っているからかもしれなかった。それは仕事としている者だからこそ感じることだろう。部外者である信吾には、知らないことばかりなので楽しく、そしておもしろくてならなかった。

「これくらいわかってらっしゃれば、相談屋さんは大概の悩みに際しても相談に乗られると思いますが、畳絡みの相談事なんてあるでしょうかね」

「それがこの仕事のふしぎなところでしてね。とんでもない人からとんでもない相談が持ちこまれるので、油断がならないのですよ」

「先日のお話では、その場で解決できる相談は多くないとのことでした。畳絡みでわからないことができましたら、備後屋まで訊きに来てくださいい。知ってることでしたら、なんでもお教えいたしますので」と話を打ち切りかけた備後屋が、いけないとでもいうふうに手で軽く額を叩《たた》いた。「茶室の畳についても触れておいたほうがいいでしょう。炉の位置によって畳の敷き方が決まるのですが、となると畳だけという訳にはいきませんね」

　なるべく簡単にと断ってから、備後屋は話し始めた。

　茶室は四畳半を基本として、それ以上広ければ広間、狭ければ小間《こま》と言うが、四畳半は小間と広間の両方に用いられているそうだ。小間には八種の席があるそうだが、備後屋は詳細については語らなかった。広間には四畳半から十五畳まであるが、一般的には八畳間までだそうである。

「床《とこ》に用いるのを床畳、床のまえに敷くのが貴人畳で、これは身分の高い人の特別な席となりますね。一般の客が坐るのが客畳。茶事の際に亭主が踏み入る茶道口に接したのを踏込畳と呼びます。点前《てまえ》をおこなうところの畳が点前畳で、別名が道具畳です。そして炉の切ってあるのを炉畳と呼びますが、ここまで頭に入れておけば十分でしょう。それ以外でとなると、見張畳と坐禅《ざぜん》の畳となりますが」と言ってから、備後屋は苦笑した。

「信吾さんが相手では素通りできませんね。では簡潔に」

小伝馬町《こでんまちょう》の牢屋敷《ろうやしき》は、牢奉行を世襲する石出帯刀《いしでたてわき》の屋敷、牢役人の執務所、そして獄舎と刑場からなっている。獄舎は木造平屋建てで、囚人による一種の自治制が採られていた。

十二人が牢役人を組織し、一番偉いのが牢名主である。牢役人は畳に坐っているが、牢名主は畳を十枚重ねた上に坐って牢内を取り仕切っていた。そのため牢名主の畳を見張畳と呼んだ。

坐禅は仏教の基本法の一つで、釈迦《しゃか》が坐禅に徹して悟りを開いたところから、特に重視したのが禅宗だ。道を究めるには、坐禅に始まり坐禅に終わると言われている。

雲水《うんすい》と呼ばれる修行僧には畳敷きの坐床が、坐禅の場として与えられる。この畳一枚分が雲水の唯一個人的な場となり、食事をはじめ、早朝の暁天《きょうてん》坐禅も、夜の夜坐《やざ》もこの畳一枚の上でおこなわれる。

「変わった畳と言えば見張畳と坐禅畳です。茶室の畳にそれぞれの呼び名があることは、お伝えしましたね」

「それにしても、細々といろんなことがあるのですね。実際の畳造りも、よく似た傾向なのでしょうか」

「なにしろ材料のこと、それをいかに手を加えて一枚の畳に仕上げるか、ということになりますからね。信吾さんにお見せすればおもしろがってくれるでしょうが、畳刺し職人に付きっ切りでいてもらわなければなりません。何工程いや何十工程がありますし、やっていることは単調な作業の繰り返しです。相談屋と将棋会所をやってらっしゃる信吾さんには、とてもお付きあい願えません。であれば畳そのものと、それにまつわることをいくらかでもと思ったのですが」

「でしたら、必要が生じた場合に見学させていただきたいと思います」

「今思い付いたのですが、信吾さんは畳に触れた諺《ことわざ》や故事に、関心がおありじゃないですか。いえね、話していて随分と言葉に敏感だと、そんな気がしたものですから」

　言われて驚いたが、それは信吾が備後屋に感じていたことでもあった。

「子供時分から幼馴染と尻取り遊びとか、早口言葉、上から読んでも下から読んでもおなじ回文作りで遊んだことはありますが」

「どんなものをご存じですか。変な言い方になりましたが、畳の諺とか故事ですけど」

「やはり『起きて半畳、寝て一畳』ですか」

「よく知られていますよね。どんな御殿に住んでも、一人が占めるのは半畳か一畳にすぎないという意味ですね。おなじ意味で『起きて三尺、寝て一畳』がありますし、よく似たのに『千畳敷《せんじょうじき》に寝ても一畳』、おなじ意味で『千畳万畳ただ一畳』があります。千畳敷に寝ても、体を横たえるのに必要なのは畳一畳ということですね」

「さすが畳屋さん」

「からかわないでください。ほかには」

おなじ意味やよく似た諺がすぐさま三つも出たことに、信吾は圧倒されたが、備後屋は軽く流して次を催促した。

「『畳の上の水練』ですか。『畳水練』と略すこともありますが」

「机上の空論ですね。理屈には詳しくても、実際の役には立たないことです。ほかには」

答えれば直ちに「ほかには」と言われそうで、なんとなく焦ってしまう。「うーん」と唸《うな》って、やっと出てきた。

「『女房と畳は新しいほうがよい』がありました」

「信吾さんはお若いからよろしいが、てまえなんかは家《うち》では口にできません。女房と畳の新しいのは気持がよいものだとの意味ですが、女房はいつまでも新鮮なままでいてほしいという、男の願いが裏にこめられているような気がします」

備後屋はそう言って、今度は言葉ではなく目顔で催促したが、すぐには出てこない。

「急に訊かれても出ないでしょうが、信吾さんはご存じのほうですよ。大抵は一つか二つしか出ませんから。あとは、『悪人は畳の上では死ねぬ』というのがありますね。これはだれも当然だろうな、くらいにしか思っていないようですが、もとは少しちがった意味のようです」

「あッ、それは知りませんでした」

言われると同時に思い出したが、もとの意味がちがっていたことは知らなかったので正直に認めた。

「悪人は刀の試し斬りにされるのが当然で、普通の人とおなじ扱いにはできないとの意味が本来だそうです」

「あッ」っと、またしても癖が出てしまった。

「思い出しましたか」

「うろ覚えですが、たしか『新しい畳でも叩けば埃《ほこり》が出る』というのが」

「まじめそうな人でも、見掛けだけではわからない。そこから、見掛けだけで人を判断するなとの意味ですね」

「うーん。いくら搾っても、もう出ません」

「それだけご存じなら十分ですよ。ではご褒美に、畳屋と畳刺し職人だけに通じる諺をお教えしましょう。『畳の四つ目は縁起が悪い』ですが、四枚の畳の角を一点にあわせて卍《まんじ》型を作る敷き方がありましてね。四つの角を正確にあわせるのはたいへんな作業で、畳屋と畳刺し泣かせなのですよ」

「不祝儀のときには畳の角が四つあわさって、十字のようになるように敷くとおっしゃいましたね」

備後屋は「はい、これでお終《しま》いですよ」とでもいうふうに、ちいさくうなずいて見せた。

「いや、楽しかったです。知らないことばかりでしたもの。ありがとうございました、備後屋さん」

「お礼を言いたいのはてまえのほうですよ。信吾さんに相談屋のことをいろいろとお訊きして、そのお返しに畳屋と畳のことを話しました。ところが話しているうちに、畳屋という仕事、畳というものについて、すっかり自分の中で整理ができましたから」

信吾は相談屋のことを訊かれて答えることで自分が感じたことを、備後屋がすっかり裏返しにして語ったことに驚いた。そして思ったのである。人に自分の仕事について訊かれて答えることは、自分や自分の生き方を見直すことになる、と。

備後屋とじっくり話したことで、信吾はそれを実感できたのであった。

親孝行な嘘

一

夕飯を食べ終えた常吉は、番犬の餌皿を持って将棋会所にもどった。

箱膳を片付けた波乃が食器を洗い始めたので、信吾は表座敷に移って本を読むことにした。八畳間には愛娘《まなむすめ》の七五三を寝かせていたが、信吾が行灯《あんどん》に手燭《てしょく》の火を移すと気配で気付いたらしく目を開けた。

信吾を認めると顔中で笑い、唇からは音が洩《も》れて「むちゅ」と聞こえた。言葉を話せるようになるのは、まだずっと先のことだろう。

「おお、気が付いたか、七五三ちゃん。母さんもすぐ来るからね」

言いながら指先を頰に触れたが、よくもと思うほど柔らかい。どこまでも沈みこみそうな気がして、信吾はあわてて指先を引っこめた。

そうなると本を読むどころではなくなり、信吾は顔を近付けると他愛無いことを話し掛けた。意味はわからないだろうから、他人《ひと》が聞いたら笑うにちがいない言葉を、でたらめに並べてしまう。だれが見たって、絵に描いたような親馬鹿にしか見えないだろうと思い、つい笑ってしまった。

信吾のお喋《しゃべ》りの微妙な抑揚の変化になにかを感じるらしく、七五三はびっくりしたように目を真ん丸にしたり、唇をくちゅくちゅとさせて楽しくてたまらないというふうに笑う。祖母の咲江《さきえ》も言っていたが、まるで話をしているように感じられるのがふしぎでならなかった。

「七五三ちゃん、起きてたのね」

二人の湯吞茶碗《ゆのみぢゃわん》と急須を乗せた盆を横に置くと、波乃は娘を抱きあげて頰ずりした。七五三のあげた笑い声は、信吾には「けらけら」と聞こえた。

そのとき訪《おとな》いの声があった。耳の良い波乃はすぐにだれかわかったようだ。

「吾一《ごいち》さんだわ」

七五三を抱いたまま立ちあがろうとしたので、信吾は首を振って波乃を坐《すわ》らせた。

「はーい」と応えてからあわてて口に手を当てたが、おおきくても父親の声だからだろう、七五三は驚いたふうではない。

襖《ふすま》を開けたまま出た信吾は、すぐに吾一を伴って座敷にもどった。

「すっかり、ご無沙汰いたしました。急に押し掛けてすみません」

礼儀正しく挨拶した突然の来訪者は、岡っ引の権六《ごんろく》親分の息子吾一で、黒船町の借家に来たのは今回が三度目となる。二月に権六が連れて来たのが最初で、父とおなじ仕事をやることになったとのことであった。まだ十三歳なので八丁堀《はっちょうぼり》の道場に通わせ、体ができてから仕込むことにすると権六は言っていた。

八丁堀には江戸町奉行所の与力の屋敷と同心の組屋敷があるが、亀島町《かめしまちょう》寄りには広い道場があった。剣術、柔術とも呼ばれる体術、十手術《じってじゅつ》、捕縄術《とりなわじゅつ》に励むためのものである。

権六親子の住まいがある浅草の花川戸町《はなかわどちょう》からだと、吾一の足では片道半刻《はんとき》（約一時間）、往復では一刻ほど掛かるので、通うだけでも足腰がしっかりして体力が付く。その上さらに、稽古で汗を流すのだから鍛えられるはずだ。

会った最初の日に信吾と波乃と打ち解けた吾一は、「ときどき寄せてもらってもいいですか」と言って帰って行った。しかし二度目にやって来たのは、三月《みつき》も経《た》った五月の下旬になってからである。

そのときには阿部川町の実家で出産を終えた波乃が、七五三を連れて黒船町の借家にもどっていた。赤ん坊の顔を見て吾一は笑顔になったが、休むことなく道場に通って稽古に励んでいるらしく、見ただけで相当に疲れているのがわかった。だから信吾たちは、あまり長く引き止めることなく帰したのである。

そして三度目の今日は、道場に通い出して半年近くなることもあって、別人のように逞《たくま》しくなっていた。

「張りのある声を聞いただけで安心しましたよ。このまえは疲れ切っていましたもの」と言って、波乃は吾一を見あげた。「見ちがえるほど元気に、体も一廻《ひとまわ》りおおきくなったみたいね」

「七五三ちゃんもこんなに」と、吾一は驚き顔で見入っている。「赤ん坊って、しばらく見なかっただけで随分と育つんですね」

自分のことを言われているのがわかったからだろう、七五三は微《かす》かな声を出して笑った。

「可愛《かわい》いなあ。なんて可愛いんだろう。おいらも妹がほしくなっちゃった」

吾一は子供っぽい声を出した。権六の下で岡っ引の修業を始めた吾一は、話し方に背伸びしたようなところがあったが、これが十三歳の少年の素顔ということだ。

「妹がほしけりゃ、親分とおこまさんに頼めばいいじゃないか」

こまは権六の女房で吾一の母である。「こまねずみのおこまさん」で親しまれている働き者だが、四十歳に近いはずであった。

「無茶を言うものじゃありませんよ」

波乃に睨《にら》まれた信吾は「おっと」と言って立ちあがると、部屋を出て大黒柱の紐《ひも》を二度引いた。吾一が来れば、常吉を紹介しようと思っていたからである。紐は将棋会所との連絡用で、大黒柱の鈴が二度鳴ると、来客なので母屋に来るようにとの合図であった。

事情がわかったので、波乃は抱いていた七五三を蒲団《ふとん》に寝かせた。

「お客さんにお茶を出しますから、静かに待っててちょうだいね。いい子だから」

言葉の意味はわからなくても、赤ん坊にはちゃんと話したほうがいいと、波乃は産婆のお伝《でん》さんに言われていた。それを続けると、言葉の意味がわかるようになったとき、理解できるのがずっと早くなるそうだ。

柴折戸《しおりど》が軋《きし》む音がしたと思うと、庭から常吉が声を掛けた。

「なにか用ですか、旦那さま」

「おお、あがってくれ」

そう言って信吾は障子を開けた。

見知らぬ顔がいるので緊張したようだが、常吉は八畳間に入ると障子を閉めた。常吉が坐るのを待って信吾は言った。

「権六親分の息子さんで吾一だ。こっちは将棋会所を手伝わせている常吉でな。このあと互いに協力しあうこともあるだろうから、二人には仲良くなってもらいたい」

「よろしくお願いいたします、吾一さん」

商売人らしさが板に付いた常吉が、一瞬だが早く頭をさげた。

「こちらこそ、常吉さん」

「そうかしこまらずに常吉つぁん、吾一つぁんで、いや呼び捨てでもいいじゃないか。

常吉が十五で吾一が十三だから齢《とし》も近い。吾一は八丁堀の道場で十手術に励んでいるし、常吉は毎朝、棒術と体術の稽古に汗を流している。話すこともいろいろあるだろうから、仲良くやってもらいたいんだよ」と、そこで信吾は吾一に言った。「耳学問って知ってるか」

「なんとなく」

「自分で学ばなくても、人の話を聞き齧《かじ》って身に付けた知識、知恵だな。将棋会所にはいろんな人が指しに来る。商家の旦那やご隠居が多いが、お職人や学者先生、それにお武家も見える。そういう連中、じゃなかった、そういう人たちが、将棋を指しながら好き勝手なことを言う。つまらぬことが多いが、けっこうおもしろいことやためになることも話すんだ」

まだ湯が熱かったので、すぐに茶を淹《い》れられたようだ。八畳間にもどった波乃が、吾一と常吉のまえに湯呑茶碗と菓子を入れた皿を置いた。二人が頭をさげるのを見ながら信吾は続けた。

「常吉は茶を出したり莨盆《たばこぼん》の灰を捨てたり、客の対局相手をしたりと、あれこれ用を足しながら将棋客たちの話を聞いている。この仕事を始めて三年半あまりだが、なかなかの物識《ものし》りになってな」

「いえ、そんな。それにお客さまが話されるのは将棋のことがほとんどで、でなければどうでもいいようなことばかりですから」

「ではあっても毎日のことだから、普段話せないようなことを、ぽろりと洩らしたりするんだ。砂の中に砂金が混じっていることもあるからな。それよりこれをきっかけに、おれとしては仲良くなってもらいたい。二人の性格は似通ったところが少ないから、うまくゆくと思うよ」

「どういうことですか」

口にしたのは吾一だが、常吉も思いはおなじだったようだ。

「人とはふしぎなものでね、まったく似通ってそっくりな者同士か、その反対でなにからなにまでちがっているほうが、うまくゆくことが多い。だから常吉と吾一はうまくゆくと、おれは思うんだ」

「あら、それだけじゃ、二人にはわかりませんよ。それに二人はそっくりなのかしら、それとも正反対なのですか」

「そういうふうに言うからには、正反対に決まっているだろう。似通ったところが少ないからと言ったはずだぞ」

強引すぎるとは思ったようだが、波乃はそれには触れなかった。

「あたしもそんな気がします。姉とは大事なことでは考えていることが逆で、けっこう喧嘩《けんか》するのにそれでもうまくいってるの。おなじところとちがっているところを、お互いがわかっているからだと思うわ」

二

「ところで今日ボロイチが訪ねて来たのは、……あッ、常吉」

「はい」

「ボロイチってのは吾一の渾名《あだな》だ。そう言えば常吉に渾名を付けるのを忘れてたな。そのうちに考えておこう」

「いいですよ、渾名なんて」

「そうはいかん。吾一をボロイチと呼ぶからには、常吉も一度聞いたらだれもが忘れないような、立派な渾名を付けてやらないとな」

「立派な渾名、ですって」

波乃が呆《あき》れ果てたとでも言いたげな顔になったので、あまりの馬鹿馬鹿しさに信吾もつい笑ってしまった。いや、波乃以上の呆れ顔になったのは常吉である。

信吾は将棋会所では席亭として、常に言葉少なく、客に問われても簡潔に答えて無駄な話はしなかった。寡黙と言ってもいい信吾からは、思いもかけない饒舌《じようぜつ》振りだったからかもしれない。

話も気になれば娘も気になるらしく、波乃は話を聞きながらちらちらと七五三に目をやっていた。しかしどうやら、手の掛からぬ娘は寝入ったようである。

「十手術の稽古にも慣れて体が疲れなくなったので、吾一はようやく顔を見せられるようになったということだな。それに間が開きすぎた。ときどき寄せてもらっていいですかと言っておきながら来られないので、これじゃまずいと思ったにちがいない。だけど、それだけじゃないとわたしは見た」

「えッ、どういうことでしょう」

さり気ない問い方だが、吾一が信吾の反応に強い関心を示したのがわかった。

「是非とも話しておきたい、話さなければならないことができたか、どうしても訊《き》きたいことができたかのどちらかだな。待てよ、両方かもしれんぞ」

なんとか顔に出すまいと努めているが、吾一は強い驚きを示している。

「どうしても訊きたいことって、どういうことですか」

「ちょっと変なことがあったので、権六親分とはちがったところにいる人なら、どんなふうに考えるか知りたくなった。だから信吾大先生、と自分で言っちゃいけないな。信吾兄貴の話を、聞きたかったんじゃないかと思ったんだが」

そう言って信吾が吾一を見ると、相手はごくりと唾《の》を呑みこんだ。どうやら信吾の言ったことは当たっていたようだ。

話すのに躊躇《ためら》いがあったのは、初対面の常吉がいるからだろう。しかし信吾がどういう思いで言ったのかを、知りたいという気持が勝ったようだ。

「信吾さんのおっしゃった、親父《おやじ》なんかとはちがうということは、目明しの仕事に関することでしょうか」

「それしかないだろう。権六親分に助けられたと、いろんな人がお礼に来ると吾一は言ってたな」

「はい」

「親分さんのお蔭《かげ》で見世を続けられます、命拾いをしました、とんでもない失敗をせずにすみましたと、そういう人たちを見ていて吾一は目明しになろうとした」

本人にたしかめるというより、信吾は吾一がなぜ権六親分の跡を継ごうとしているかを、それとなく常吉に教えておきたかったのである。常吉は聞き役に徹するつもりらしいので、となればむりに会話に引き入れるより、そのほうがいいと思ったからだ。

「吾一は毎日八丁堀の道場で十手術を鍛錬していて、当然いろんな人と話す。同心や権六親分の仲間、吾一のような見習いもいるだろうが、となると話題は決まっている。どうしても事件とか捕物に関することになるからな。家に帰っても親父さんやその手下からも、そういう話を聞く毎日だ」

信吾がそこで一旦話を切ったのは、吾一が話す気になったらしいと感じたからである。

少し間があったのは、どのように話せばわかってもらえるかを考えたからかもしれない。

「謎の怪盗ってのがいましてね。一味の親玉を『鹿威《ししおど》し』と言うそうです。あッ、ちがいました。子分がいるのか、一人働きなのかもわからないとのことでした。なにしろ謎の賊ですから」

「顔を見た者がご番所にはいないのか」

「はい」

「顔を知られていないくらいだから、本名や仕事がわかる訳がない。ご番所の中だけで通じている、世間のだれも知らぬ呼び名ということだな」

「そういうことです」

「鹿威しか。それにしても、うまい名前を付けたものだ」

池泉《ちせん》の設けられた庭園などで見ることができるが、鹿威しは一方を斜めに切り落とした竹筒を支点で支え、少しずつ水を注ぐようにした仕掛けである。満ちると重みで筒が傾いて水を吐き出し、軽くなって元にもどるとき、筒の底が石を打ってカーンと甲高い音を発する。

吾一によるとその賊は犯行の証拠どころか、なに一つとして痕跡を残さないそうだ。

時間を掛けて（これもたしかではない。おそらくということである）大金や値打ちのある品を奪うのだが、人を殺《あや》めるはおろか、傷を負わせたこともなかった。その鮮やかさで、一日も二日も置かれているらしい。女ではないのかとか、町奉行所の凄腕《すごうで》の同心が与力への恨みを晴らすためにやっているらしい、と言う者すらいるそうだ。

その賊にごっそり、あるいは数ある品からもっとも値打ちのある一品だけを盗《と》られても、そのときはまるで気付かない。あとになって初めて、やられたとわかるとのことである。被害を受けたほうはまるで筒底のひと打ちに遭ったような驚きを、味わわずにはいられないらしい。

だれかが「鹿威しの一撃を、不意に喰《く》らったみたいじゃないか」とつぶやいたそうで、以来、賊は鹿威しと呼ばれるようになった。

「それにしても、うまい名前を付けたものだなあ」

信吾はつくづく感心して、おなじ言葉を繰り返した。

「やめてください、感心するのは。相手は盗人《ぬすっと》なんですよ」

「そう口を尖《とが》らせるなよ、吾一。わたしが感心したのは、盗人に対してではない。鹿威しと名付けた人のうまさに、ほとほと感心しているのだ」

吾一だけでなく、常吉も波乃も「おやおや」という顔になった。空咳《からせき》をしてから吾一が言った。

「その鹿威しが、体調を崩して寝付いたという噂《うわさ》が流れているとのことでしてね。それも一ヶ所でなく、何ヶ所かから出ているようなのですよ。だからここ数日で、噂が一気に広まったらしくて」

吾一が信吾、波乃、そして常吉の顔を順に見たのは、かれ自身がなにか思うところがあって、三人の反応が気になったからだろう。

「変ねえ」

「おかしいじゃないか」

波乃と信吾が同時に言った。常吉は首を傾《かし》げはしたものの、なにも言わなかった。

「変ですかねえ」

吾一はそう言いながらほくそ笑んだが、どうやら期待どおりの反応を二人が示したからのようだ。

「顔を知られていなきゃ、名を知っている者もいない。鹿威しという呼び名というか渾名も、ご番所の者にしか知られていないんだろ。そんな賊が、なぜ体を壊したとか、寝付いたとわかるんだ」

「だとすれば、どういうことが考えられますかね」

そこに至って信吾には、吾一がやって来た理由がわかった。八丁堀の道場でも、権六親分の家でもさまざまな意見が出たのだろう。だが決定打は出ていないようだ。根拠にすべき材料が少ないため、あまりにも取り留めがなく、おのおのの想像あるいは妄想が入り乱れたということらしい。

だから信吾や波乃ならどう受け止めるだろうか、との思いがあって吾一はやって来たようだ。しかし信吾には明確にできなかった。材料が少なすぎるだけでなく、あまりにも曖昧だからである。

しかし、どういうことが考えられるかと吾一に訊かれた以上は、そのままにしてはおけなかった。

「いくつか考えられることはあるが、ちょっと待ってくれよ」と言ってから、信吾は常吉を見た。「常吉はなにかやっていたんじゃないのか」

「往来物を読んでいましたけど」

さまざまな内容を往復書簡形式で書いた入門書が往来物で、商売や地理に歴史、道徳などの初等教育用の一種の教科書である。

「だったら将棋会所にもどっていいぞ。吾一を紹介したかったからだが、急に呼び出してすまなんだ」

「はい。ですが、耳学問していってもいいでしょう」

信吾はまじまじと常吉を見た。さっき言ったばかりの言葉で切り返されたのだから、見事に一本取られた形である。

「いい心掛けだ」

そう言ってニヤリと笑ったが、鹿威しのほうはいつまでも引き延ばすことはできない。

三

「鹿威しはこれまで尻尾を摑《つか》ませないどころか、影すら踏ませていない。まるで雲を摑むような話だが、理由がないのに噂が流れる訳がないのだ。賊が一味か一匹狼《いっぴきおおかみ》かで事情がちがってくるが、一味であればいくつかのことが考えられる。噂絡みになるとなにかとややこしくなるので、取《と》り敢《あ》えず噂は横に置いといて、ともいかないか。噂のことは深く考えずに進める。まずは一味の賊の中で、どういうことが起こるかを考えるようにしよう」

わかり切った前置きから本題に入り掛けたのが感じられたからだろう、吾一と常吉、そして波乃の目が一気に真剣な光を帯びたのがわかった。

「首領、つまり親玉がいる場合だが、そいつの力が衰えたことが考えられる。年寄りになって、あるいはどこかを患って、ほかにも理由はあるかもしれないが、これまでほど稼げなくなったとか、金を得るのに時間が掛かるようになったということだな」

鹿威しが首領であれば、それまでの巧みさから推して優秀な子分が育っているにちがいない。

「吾一が聞いた噂は、鹿威しが体調を崩して寝付いたらしい、というものだったな」

「ええ、そうでした」

「力を付けた何人かの子分の内のだれかが、自分の座をねらっているようだと親玉が気付いたか感じたかしたとしよう。裏切ろうとしている手下を炙《あぶ》り出すために、噂を流したと考えられないことはない。好機到来と動き出したやつを徹底的に打ちのめすと、以後はだれも親玉をやっつけて自分が後釜に坐ろうと思わなくなる」

なるほどと思ったのか、どこか変だと思ったのか、だれもが頻《しき》りと考えを巡らせているようであった。

「そりゃおかしかないですか」

そう言ったのはやはり吾一であった。当然気付くだろうと思っていたので、信吾は目顔で先をうながした。

「信吾さんのおっしゃったことは、いかにもそれらしく聞こえますけど、それは一味の内部でのことでしょう。連中だけが知ってることなのに、それがあちこちで噂になったというのはおかしいですよ。裏切りそうな手下を炙り出そうとするなら、それとなく流すと思いますけど」

「さすが権六親分の息子さんだ。まさにそのとおり。考えられないことはないと言ったが、まずそんな訳がない。賊が一人か一味かわかりもしないのに、こうであればということで話を進めているので変になるのは止《や》むを得ないのだ」

「賊が一人の場合だと、もっと変ですよ。だれにも知られていない賊が寝こんだなんて、わかる訳がありませんから。自分から言い出さないかぎりは」

「そういうことだ。それにしても鋭いじゃないか」

褒められた吾一は、得意げに鼻の穴を膨らませた。

「おいら親父ならどう考えるだろう、信吾さんならなにを思うだろうって、いつもそれを心掛けるようにしてるんです」

「わたしはともかく、親父さんならと常に気にするのはいいことだ」

「いいえ、信吾さんは相談屋だけあって、全体に気を配りながらも、細かなことに目を向けるようにしているので、問題の大事なことを見逃さないと親父が言っていました」

吾一に真顔で言われると、こそばゆくなってしまう。

「噂にもどれば、だから一人であれ一味であれ、自分からあるいは自分たちから流すなんて、考えられないということだ。子分の何人かが次の親玉をねらっているとしても、そんな噂を流してなんの得がある」

吾一が三人に問い掛けた話だが、町方のことがほとんどわからない波乃と常吉は、黙って聞くしか仕方がないようだ。だからどうしても、吾一と信吾の遣《や》り取《と》りになってしまう。

「鹿威しに自分が、それとも自分たちが成り代わろうとしている者がいたら、どうでしょう」

「いくら噂でも放っておけないと町奉行所が動き始めたら、鹿威しは動きが取れなくなるから、そのあいだに自分たちがひと働きということか。だが町方が動けば、自分たちだって仕事がやりにくくなるだろう」

「ですよね」

「そういうふうにいろんな場合を想定して、というのは考えてってことだが、有り得ないか絶対にむりなのを消してゆく。そのようにして絞りこんでゆくのが、親父さんたち町方のやってる方法だな」

「噂が一ヶ所からじゃなくて、何ヶ所かから出ているみたいだというのは、どういうことなんでしょう。ここ数日で一気に広まったのは、やはりあちこちから出ているのでしょうね。だとすればだれが、なぜ、そんなことをしているのか」

「一気に広まったのは、そうしなけりゃならん理由があったからだろうが、今の状態であれこれ考えたってあまり意味はないな」

「意味がありませんか」

「吾一は仕事に関わってくることだから、さっき言った想定だな、この場合はどう、こっちだったらこうと考えておくことはいいかもしれない。だがこの話は今はここまでだ。

一人か一味かさえはっきりしないくらいだから、わからないことが多すぎる。いくら続けたって、堂々巡りでキリがないからな。なにかわかったら意見を出しあえるだろう」

「ですよね」

吾一の顔がすっきりしていたのは、信吾が話の骨子《こつし》をちゃんと摑んでいるとわかったからかもしれない。

「ところで今日おいらが訪ねて来たとき、信吾さんはその理由を」

信吾が鹿威しの話を打ち切ったのは、結論が出る訳がないということもあったが、べつのことを訊きたかったからである。だが吾一は自分から話す気になったようだ。いや話したかったのは、鹿威しよりそちらだったという気がしてならない。

「二つ並べたが、どうしても訊きたかっただろうことは、少し中途半端ではあるが、今話し終えたばかりだ。すると、やはりもう一つのほうがあるんだな」

吾一はこくりとうなずいたが、その頰が次第に紅潮してきた。信吾はあのとき、「是非とも話しておきたい、話さなければならないことができたか」とも言ったのである。

「どうやら、うれしくてたまらんことのようだが」

信吾が図星を指したらしく、少し間を取ってから吾一は打ち明けた。

「昨日の朝、八丁堀の道場に行くと、若木完九郎《わかぎかんくろう》の旦那に呼び止められましてね」

その名前は聞いたことがあった。吾一がなにか言おうとするのを抑えて、信吾は記憶を手繰り寄せた。旦那とは岡っ引が同心を呼ぶときの、仲間だけに通用する呼称である。

「思い出したぞ。定町廻《じょうまちまわ》りの若木さんだな。たしか玉吉《たまきち》親分とその手下を供にして、町廻りをしていると聞いた。権六親分は、若木さんや玉吉親分の手伝いをしたことがあったと思う」

「そうなんですよ。その若木の旦那がおいらを呼び止めましてね」

こんな遣り取りがあったそうだ。


「おい小僧。おめえたしか、権六んとこの」

「はい。息子の吾一です。いつも父がお世話になっております」

「世話になってんのはこっちだ。おめえ、いくつんなった」

「はい。十三歳に」

「権六に伝言を頼まあ。今晩でも明日でもええが、話があるんで屋敷へ来てもらいてえ、とそれだけだ」

「はい。伝えておきます。お忙しいところ、わざわざありがとうございました」

ぺこりとお辞儀をして顔をあげると、若木が驚き顔で吾一を見ていた。

「ちゃんとした口が利けるじゃねぇか。吾一って言ったな」

「はい」

「おめえ、口は固いか」

「そりゃ、絶対です。黙っているように言われたら、たとえ手斧《ちょうな》で背中を断ち割られて、煮え滾《たぎ》る鉛を注がれたって、一切口にしません」

権六の手下、つまり吾一の兄貴分たちがおもしろがって口にする、大袈裟《おおげさ》な台詞《せりふ》であった。芝居でも使われるほどの決まり文句らしい。それを聞くなり若木完九郎は噴き出した。

「そうかいそうかい。そこまで口が固いなら、いいことを教えて《おせ》やろう。だがだれにも、特に親父の権六親分には言っちゃならねえぞ」

吾一は唾を呑みこんでうなずいた。

「玉吉の塩梅《あんべえ》がよくなくてな」

「玉吉親分さんの具合がですか」

「そうよ。だもんで町廻りの供は、八月一杯《いっぺえ》にしてもらいたいと言ってきた」

だから権六に話があるとなると、その意味するところは明らかであった。吾一は握り拳を天に突きあげたいほどうれしかったが、なんとか堪《こら》えることができた。早くその先を聞きたくてならない。

「急な話なんで弱っちまってな。なんせ玉吉は一を聞いて十を知るって切れ者《きもん》だ。玉吉に匹敵、と言ってもわからんか。肩を並べられるほどのやつはいるはずがないと思ったら、なんといいたんだよ」

　わざとらしく頭を掻《か》いたりしながら、完九郎はゆっくりと喋った。わくわくしながら早くその先を聞きたい吾一を、おもしろがってじらせているとしか思えない。

「権六の息子が毎日のように道場に来て励んでるって聞いたもんで、やって来たんだが」

「雨が降ろうが風が吹こうが、てまえは一日《いちんち》だって休んじゃいません」

　ひと息で言い切ったので、あとのほうは息切れしそうになった。

「感心だな。近ごろの若い者《もん》にしちゃあ珍しい。ほんじゃ、さっき言ったことを繰り返す。若木完九郎が権六親分に相談があるので、今晩でも明日でもいいが、屋敷に来るように伝えてもらいてえ。いいかそれ以外は、たったのひと言も口にすんじゃねえぞ」

「わかっています。口が裂けたって」

「たとえ手斧で背中を断ち割られて、煮え滾る鉛を注がれたって、一切口にしません、か。その言葉、忘れんな」

　言い残して若木は足早に去ったのである。

四

　その日、吾一が花川戸町の家にもどると、ちょうど権六が手下たちと帰って来たところであった。吾一は若木の伝言を言われたとおりに伝えた。道場からの帰りに自分なりに考えたことがあったが、それを含め余分なことはひと言も話さなかったのである。

権六は「そうか」と言っただけだが、なにかを感じたのは明らかであった。女房のこまに、出掛けるので夕食は簡単でいいから早めにと言っていた。

食事をすませた権六は、「木戸が閉まるまでにはもどる」とだけ言って出て行った。

若木に釘《くぎ》を刺されていた吾一はだれにもひと言も言わなかったが、事情がわかっているだけに父の戻りが待ち遠しくてならない。ところがもどった権六は、なにも言わず特に変わったところもなかったのである。もともと町方の者は肚《はら》の裡《うち》を顔に出さないものだが、それにしても微塵《みじん》も感じられないのが奇妙でならなかった。

吾一にすれば気が気でない。若木同心はあのように言っていたが、話しあいをしている途中で思い掛けないことが生じて、話が壊れてしまったのではないだろうか。などと悪いほうへと思いが行ってしまうので、何度も頭を振って考えを追い出したのであった。

横になってからもそれは続いた。奥の六畳間、つまり夫婦の寝部屋《ねべや》で低い声が長々としていた。もしかすると不首尾に終わった成り行きを、権六がこまに説明していたのかもしれない。ああだこうだと想像して眠られず、吾一は寝不足な朝を迎えた。

権六の手下には住みこみもいれば通いもいるが、朝晩の食事は原則として全員で摂《と》ることにしている。

手下たちは冗談を言いあったり、町の噂を話したりして賑《にぎ》やかに食べるが、権六もこまも黙ったまま淡々と箸を運んだ。食事どきはいつもそうなので、少しも不自然なところはないが、吾一はどうにも落ち着かなかった。

食事の終わるころに、こまが全員に湯呑茶碗を配るのもいつもどおりである。

「茶を呑みながら聞いてもらいたい」と、権六が全員を見廻して言った。「急な話で細かなことはこれから決めるが、九月から北町奉行所定町廻りの若木の旦那の供をして、町を廻ることが決まった」

吾一以外の手下にとっては、まさに寝耳に水の驚きだっただろう。一瞬の間があって、歓声があがった。拳を突きあげる者もいれば、繰り返しうなずく者もいた。両隣の者と手を握りあう者もいる。だれの顔も誇らしげであった。

吾一も初めて知ったような芝居をしたが、うまく行ったとは思えなかった。しかしだれもが興奮していることもあって、不自然に思った者はいなかったようだ。

町奉行所の頭は南と北の町奉行である。その下に与力がいて、同心は与力の配下であった。権六たち岡っ引と呼ばれる目明しは、同心の下で働く。

同心は年番方《ねんばんがた》、吟味方《ぎんみかた》、例繰方《れいくりかた》、牢屋《ろうや》見廻り、定橋掛《じょうばしがかり》、養生所見廻りなど、二十種以上の役がある。その中の花形が、三廻りと呼ばれる定町廻り、臨時廻り、隠密《おんみつ》廻りであった。三廻りはほかの同心とちがって、与力の下でなく町奉行直属である。

それだけ優秀だと認められているので、三廻りの下で働く岡っ引には商家などからの相談も多く、それは謝礼という名の臨時収入に繋《つな》がった。みんなから一目置かれ、ほかの岡っ引から羨ましがられる存在である。

定町廻りの若木完九郎に声を掛けられたことを、権六の手下たちがどれだけ誇りに思ったことか。

「若木の旦那のお供をするのは、御用箱担ぎの中間《ちゅうげん》とおれ、それに二人か三人とする。おそらく交替となるだろうが、どうするかはこれから決めるつもりだ。それと若木の旦那の屋敷の離れ、と言えば聞こえはいいが、物置みたいな小屋に交替で詰めてもらう」

急用や緊急事態が生じた場合の連絡係として、同心の離れには常にだれかが詰めている。親分と呼ばれる岡っ引は、手下を交替で泊り番にしていた。権六の下には見習いの吾一を含め五人の手下がいるので、交替で町廻りと小屋詰めをやらせるということだ。

「いいですか、親分」と、吾一は思わず声をあげていた。「おいら、じゃなかった、あっしも町廻りや小屋詰めに加えてもらえるんでしょう」

全員が複雑な思いで吾一を見た。その視線が自然と自分に集まるので、権六は苦り切った顔になった。

「無茶を言うものではない。江戸の町をおおきく区切って、北と南で手分けして交替で見廻っているのだ。毎日、相当な距離を歩くのだから、並の大人でも音をあげるほどきついんだぞ」

「だけどおいらは、毎日のように片道半刻、往復で一刻、八丁堀の道場に通ってるんだ。しかもこの半年のあいだ一日だって、十手術の稽古を休んじゃいない」

「だがな吾一」と、権六は首を振った。「おまえがいくら力んでも、世間の人が見れば十三歳の小僧だ。権六んとこは手が足らないので、あんな子供を連れて町廻りしていると、後ろ指を指されるのはこのおれだからな」

「だけどちゃんとやれれば、だれもなにも言わなくなるはずだ」

　吾一の強引さに、権六は苦笑しながら手下たちを見た。

「一度、連れて行けばいいじゃないの」と、さらりと言ったのはこまである。「どうせ、音をあげるに決まってるのだから」

　そこで吾一は口を閉ざしてしまった。


　こまの言葉は突き放したようであるが、母の非情ではなく、なんとか機会を与えたいとの温情だと信吾は受け取った。しかも権六の気持を代弁していたが、吾一はそこまで捉えていないのではないだろうか。

　こまが言えば権六は仕方がないと一度は連れて行くが、もし吾一がちゃんとこなせられれば、何度かに一度は同行させられる。こまは亭主の気持を読み切っていたにちがいない。

一方の吾一はがっかりしているだろう。町廻りの一行に加えてもらいたいのに、父は否定的であったし、母の言葉も気休めとしか思えなかったはずだ。有頂天にさせてはならないが、信吾は希望を持たせ、できれば願いを叶《かな》えてやりたかった。

「定町廻りは定路《ていろ》と言って、毎日決まった道を歩くと聞いたけれど」

信吾の問いにうなずいて、吾一は掻《か》い摘《つま》んで説明した。

定町廻り同心は、各町の自身番屋のまえに立って声を掛ける。

「番人、町内になにごともねえか」

「へえ、ございません」

返辞を聞くと、次の番屋に向かうとのことだ。「実は」と言われると、話を聞くことになる。空き巣に入られたり、小火《ぼや》があったりすれば対応したし、殺人などの場合は、手下を町奉行所に走らせるのだ。

「おこまさんに連れて行けばと言われたのだから、権六親分は一度は連れて行ってくれるんじゃないのか」

「と思いますけどね」

「親分が渋れば、おこまさんをけしかければいい。仕方ないからと、一度は供をさせるだろう」

むりかな」


「だけど一度かぎりじゃ」

「吾一は頭がいいから順路、つまりどこからどこの自身番屋へ行ってという道順を憶《おぼ》えられるはずだ」と、そこで信吾は首を傾げた。「次々と番屋を廻るそうだから、やはりむりかな」

「憶えられます。いえ、憶えます」

最後のひと言が効いたようだ。

「そうだな。それしかない。最初に行った日に頭に叩《たた》きこむ。徹底的に叩きこんでしまうのだ」

吾一の目が強い輝きを見せたのは、信吾には秘策がありそうだと思ったからだろう。

「二度目が大事だ」

目の輝きが急に失《う》せた。

「だけど、ですよ。二度目は、ないかも、しれません」

吾一は弱々しくなんとかそう言った。

「多分な」

信吾の言葉が追い討ちを掛け、見ていても可哀想《かわいそう》になるほど吾一は落胆した。恨むような目で見たのである。

「だけど、なけりゃ自分で作ればいい。吾一が作るんだよ」

「そんな無茶な」

「吾一ならできる」

「そうよ、吾一さんならできるわ。きっとできます。だって道順を頭に叩きこめるのでしょう」

波乃の言葉に吾一の困惑は増したようだが、それだけではなかった。目に光がもどりかけている。

となればあの手しかない。あの手で押し切るべきだ、と信吾はおおきくうなずいて見せた。考える余裕を与えてはならないのである。とんとんと調子よく押し切るしかないのだ。

「そうだよ。たった今、吾一が閃《ひらめ》いたその手があるじゃないか。こういうことは最初に町廻りに加わった、その次の日が一番効き目があるはずだ。若木の旦那と御用箱入れを担いだ中間、権六親分なんかの、五十歩か百歩くらいまえを、まるで吾一が案内するように行くんだよ。あまり近すぎると叱られるかもしれんし、離れすぎちゃなにやってるかわからないからな」

「しかし親父が」

「おいおい、吾一。せっかく思い付いた素晴らしい考えを、自分から打ち消すやつがどこにいる。それに絶対にうまく行くと信じてやらなきゃ、相手に伝わるものか。ともかく根競《こんくら》べだよ。もし権六親分がいいと言わなかったら、次の日もやる。それで駄目なら三日目もやるんだ。この三日目の意味は、思ってる以上におおきいぞ」

「おおきいですか」

「若木の旦那がいるじゃないか。ああいう人は、親父さんとはちがった目で人を見てるからな。三回も見せつけられたら、おい、権六、ときっと言うはずだ。ここまで熱心で根性があるなら、吾一を一行に加えてやれとなる。吾一の思い付きは素晴らしいんだから、なんとしても実現させなきゃな」

じっと畳を見ていた吾一が、やがて静かに顔をあげた。

「そうだ。そうですよね。おいら、やりますよ。なんとしても」

信吾は自分の思い付きを吾一の思い付きだと、思いこませたのである。

しかしこうなればいいとの期待や、こうなってほしいとの願望だけでなく、信吾はもっとたしかな手応えを感じていた。八丁堀の道場で若木と話したときのことは吾一から聞いていたが、信吾にはその短い遣り取りから確信したことがあった。若木が吾一の若さからは信じられないほどの聡明《そうめい》さに気付き、すっかり気に入ってしまったのがわかったのである。

それは二人が別れるとき、吾一が冗談ぽく言った大袈裟な台詞「たとえ手斧で背中を断ち割られて、煮え滾る鉛を注がれたって、一切口にしません」を、若木が繰り返したことではっきりした。そっくり憶えていたということは、それだけ印象が強烈だったということにほかならない。しかも若木は、「その言葉、忘れんな」とまで言ったのである。

「親分さんは夢が叶ったのだから、吾一さんも町廻りに加えてもらえるよう、諦めずに頑張ってね。それにしてもよかったわ。親分さんはいろんな手柄を立てたので、力を認められたのですもの」

波乃がしみじみと言った。

信吾は音を立てて両膝を叩いた。

「となると、お祝いに行かなきゃ。善は急げっていうから、これから行こう」

「ちょ、ちょっと待ってください」と、吾一はあわて気味に言った。「親父から話すまで、今の話は知らないことにしてください。でないとおいらが叱られますから」

夕ご飯を食べ終えた吾一が、久し振りに信吾と波乃に会って来ますと言うと、「木戸が閉まるまえにもどるんだぞ。それから余計なことを言うんじゃねえ」と、権六に念を押されたそうだ。

「吾一ちゃんに頼まれたとなりゃあ、口に鍵を掛けて我慢しなけりゃならんな」

名前に「ちゃん」を付けたからだろう、常吉がくすりと笑ったので、吾一は恨めしそうに信吾を見た。

「では、親父に木戸が閉まるまえにと言われたので、今日はおいらは帰ります。ご馳走《ちそう》さまでした」

権六の息子は最後まで礼儀正しかった。

五

「生まれて三月にしかならんのに、もう浅草小町って呼ばれてるんだってな」

格子戸を開けて土間に入るなり、権六は憚《はばか》ることなく信吾にそう言った。七五三の話を切り出したのは、特別な用があって来たのではないことを示すためだろう。しかし吾一が来た翌朝、それも五ツ（八時）をすぎたばかりなのに、子分も連れずにやって来たにはそれなりの理由があるはずだ。

「朝から冗談はよしてくださいよ。みなさん笑ってらっしゃるじゃないですか」

「いやあ、驚いたのなんのって。浅草の町中が、信吾の娘の噂で持ちきりだ」

「本当ならうれしいですが、わたしは初めて聞きましたよ。もしかして、噂の出どころは親分さんじゃないですか」

「気が利かんやつだなあ。おれがこんなに早く来たのは、浅草小町の顔を拝みたいからだってことくらいわかっとるだろうに」

「そんな無茶を言われたって」

信吾は客たちの対局を見ていたのだが、仕方がないので立ちあがった。

「では親分さん、母屋までおみ足をお運びいただけますか。みなさんどうもお騒がせいたしました」

常吉をちらりと見ると軽くうなずいたのは、柱の鈴で波乃に来客ありの合図を送っておきますということだ。

八畳間の障子を開けて、信吾は沓脱石《くつぬぎいし》に置かれた下駄《げた》を突っ掛けると庭に出た。格子戸から出た権六を待って、境の生垣に設けられた柴折戸を押す。将棋会所の庭から母屋側に入ると、ちょうど波乃が表座敷に座蒲団を並べ終えたところであった。

権六がこんな早い時刻に姿を見せたのが、吾一が昨夜やって来たことに関してであるのはわかっていた。若木完九郎に声を掛けられて町廻りすることを吾一が信吾たちに話していたら、自分から伝えないのは変である。話していなくても、伝えるべきだと判断したのだろう。

口止めされているのだから、吾一から聞いたことは絶対に言ってはならない。多くの相談客に接してきたので、波乃もそれは心得ているはずであった。

二人が座蒲団に坐るのを待っていたように、波乃が権六に言った。

「いらっしゃいませ、親分さん。昨夜《ゆうべ》は吾一さんがお見えで、楽しいお話をいろいろと聞かせていただいたのですよ」

「ほほう、どんなことを言っておりましたか、倅《せがれ》のやつは」

権六が一番訊きたいことはわかっているが、波乃はすんなりとは答えない。

「親分さんが吾一さんを、最初に連れてらしたのは二月でしたでしょう。わずか半年しか経っていないのに、若い人ってみちがえるほど成長するのですね。すっかり驚かされてしまいました」

「いつまでも餓鬼のままでは、どうしようもないからね。おっと、なぜ寄せてもらったかを忘れちゃいけねえ。今日はね、波乃さん。浅草小町のお顔を拝ませてもらいに」

言いながら権六は、七五三の寝かされた蒲団に膝を使ってにじり寄った。

「そういや波乃さんと花江《はなえ》さんは、浅草の小町姉妹と呼ばれてたんだよな。その子が浅草小町と呼ばれるようになるのだから、血は争えんもんだ」

「いやですよ、親分さん。そんな昔の冗談を持ち出されちゃ」

「冗談じゃありませんぜ、いまや伝説ですからな」

いくらなんでも伝説は言いすぎだろう。

権六はしげしげと見入ったが、その眼光がよほど強かったのか、寝入っていた七五三がぱっちりと目を見開いてじっと権六を見た。しばらく見詰めていたが、やがて七五三はにこりと笑ったのである。怯《おび》えて泣き出すとばかり思っていた信吾は、信じられぬ思いがした。権六の場合は信吾以上だったようだ。

「これは魂消《たまげ》た。こんな赤ん坊は初めてだ」

「なにをそんなに感心なさってるんです、親分さん」

信吾がそう言うと、権六は驚き顔のままで答えた。

「こんな赤ん坊は初めてだ。これが驚かずにおらりょうか」

言い方と表情からするとどう見てもまじめなので、信吾と波乃は思わず顔を見あわせた。

「あっしの渾名がマムシってことは、お二人はご存じだわな。もう一つの渾名が鬼瓦だってことも」

浅草界隈《かいわい》で知らぬ者がいないほどなので、今さら知らぬとも言えなかった。曖昧なまやりすごすしかない。

マムシは逆三角形の頭をして、ちいさな目が左右に開いている。権六の顔がそのマムシに似ているから渾名となったようだが、本当のところは岡っ引としての強引さからきているらしい。鬼瓦には説明はいらないだろう。まさにそのいかつさは、鬼瓦としか言いようがないのである。

「この顔を見て泣かなんだ赤ん坊は、あっしの知るかぎりただの一人もいねえ。わが子の吾一でさえ、こまから渡されて抱きあげると、顔を真っ赤にして泣きわめいた」

波乃が噴き出してしまった。

「親分さん、そんな冗談をまじめな顔でおっしゃっちゃ」

「冗談でありゃ、どれだけ気が楽なことか。近所で子供が生まれると、母親はだれもがあっしを見せないようにする。赤ん坊を抱いているときにあっしの姿を見ると、さっと道を逸《そ》れるし、うしろを向いて赤ん坊を隠すからな。引き付けを起こしゃせんかと心配しとるのだ」

そう言って権六が改めて見ると、またしても七五三は顔中を笑いで満たした。あまりにも権六が強調するものだから、もしかするとこの子はまともじゃないのかもしれないと、心配に思うほど七五三は無邪気であった。

「赤ん坊がこの顔を見て笑ったと、家に帰ったら女房と息子に自慢しなきゃな」

「そこまで言っていただいたら、お茶じゃ申し訳ないですね。ご酒《しゅ》にしましょう」

「酒はいけねえ、仕事に障《さわ》るから」

「だったらお茶を淹れますね」

「いや、遠慮しとこう。家を出るまえに呑みすぎて、腹ん中でたっぽたっぽ音がしてるほどだ」

権六は腰帯に根付で留めた莨入れに手をやったが、思い直したのかその手を引っこめた。若木同心の供で町廻りすることになったと打ち明けたいのだろうが、きっかけを喪《うしな》って切り出しにくいにちがいない。信吾はさり気なく、話をそちらに導くのがいいだろうと思った。

「親分、吾一さんは頼もしいですね。これから協力しあい助けあうこともあるだろうからと、小僧の常吉と引きあわせたのですよ。吾一さんは十三で常吉は十五なのに、吾一さんのほうが大人に見えましたから」

「そりゃ、常吉は奉公人だから控え目にしてたんだろう」

「たしかにそれもあるかもしれません。ですが物事の捉え方からすると、上から見ることができなければ、一部しか見ることができないと思います。吾一さんは上からというか、常に全体を見るように心掛けていますね。だから伸びると思いますよ」

権六が信吾をじっと見たのは、吾一のなにについて、なにを言いたいのかと思ったからではないだろうか。

「それにしても、吾一さんの話には驚かされました。ああいうことって、あるんですね」

波乃がいいところでうまく絡んできたので、信吾は調子をあわせることにした。

「いやあ。まさかと思いましたが、ああいうことがあるから、世の中はおもしろいし楽しいのさ」

「だから吾一さんは、わざわざ教えてくれたんだと思いますよ」

「なにしろ一味なのか一人働きかも定かでなく、鹿威しって渾名しかわからないってんだから、手の打ちようがないもの。その渾名だって、ご番所の人が付けたってんだから」

権六がホッとしたような、それでいてどことなく期待が外れたような表情を見せたのを、信吾は見逃さなかった。

「鹿威しの話をしましたか、吾一のやつ」

「そうなんですよ、親分さん。あたしと常吉はご番所のことはほとんどわからないので、吾一さんと信吾さんが二人だけで、もう、夢中になって」

「そうですかい。鹿威しにゃ手こずるでしょうな。というより果たしておるのでしょうかね、そんな賊が」

「どういうことでしょう。いるから噂になってるのじゃないですか」

「以前にもありやしたが、その話を知った者がどう反応するかを知りたくて、妙な噂を流した者がいたから人は油断がならねえ。だれぞがいもしない賊をでっちあげ、それらしく鹿威しなんぞという渾名を付けたんじゃねえかね」

「親分にはなにか心当たりがおありで」

権六はあわて気味に首を振り、すると頬の肉がぶるぶると震えた。

「町方を右往左往させようというねらいでなきゃいいと、思ってはいるんだが」

「歯に衣を着せたようなおっしゃりようですね。本当は首根っこを押さえて、一気にと手ぐすね引いて待っているのではないですか」

「とんでもねえ。ところで倅はほかになにか言ってましたかね」

「いえ、なんといってもまだ十三歳ですからね。道場で耳にしたことや、親分さんとこでみなさんがあれこれ言われたことを、話してくれはしましたが、吾一さん本人は手掛かりを見つけられないでいるようです」

「さもあらん」

その言い方は息子に期待は掛けているが、いまの実力はわかっているということなのだろう。

「わたしが吾一さんに会ったのは昨日が三度目でしたが、この若者はちょっとしたきっかけで一気に伸びるだろうなと、確信しましたね」

「ほほう、なぜに」

権六はわずかに関心を持ったというような言い方であったが、信吾の言った確信という言葉に強い期待を抱いたのが感じられた。

「親分や親分の手下、つまり吾一さんの兄貴分ですね。それから道場では、同心や目明しの方々からいろんな話を聞かされます。で、訳がわからなかったり混乱したりすると、一度棚にあげて親父さん、つまり権六親分ならどう考えるだろうと、そうしていると言いました」

「吾一さんは自分の中できちんと整理しているからでしょうね。順を追って話してくれたので、とてもわかりやすかったです」

「だからわたしは、吾一さんはかならず伸びる、おおきな仕事のできる目明しになると確信しましたよ」

吾一は親父と信吾さんなら、どう考えるだろうと言ったのだが、そこに自分を出すことなどできない。

「褒めすぎだよ、信吾」

「でしょうね」

「なんだよ。それじゃ屋根に登らせて、梯子《はしご》を外したようなもんじゃねえか」

「わたしが相談屋をやりたいと言ったとき、両親や祖母だけでなく、何人もから頭ごなしにむりだと言われました。ですがね、おまえならできるかもしれん、と言ってくれた人もいたのです。それに励まされて、なんとか今日までやってこられました」

話がどこに向かうかわからなくなったからだろう、権六は黙って信吾の次の言葉を待っている。

「親分の背中を追ってるからでしょうが、十三歳とは思えぬほど吾一さんは考えることがしっかりしてますし、独特の考え方ができるようです。昨日あれこれ話していてそれがわかりましたから、いいと思えば褒め、そうじゃないと、つまり話があやふやだったり喰いちがったりしていたら、わたしならこう思うと言ったのです。すると、ちょっと指摘しただけですぐわたしの言いたいことがわかったのですから、頭はいいですね」

「やはり信吾に紹介しておいてよかったぜ。さっき信吾は、迷ったり訳がわからなくなると、吾一はおれ、つまり権六ならどうするかを考えると言ったな」

「はい。そうすればまちがいないと思いましたから、はっきり憶えています」

「吾一は、あっしには、そういうときには信吾さんならどうするかと考えるようにしていると言ったんだ」

「お二人のいいところ、素晴らしいところをちゃんと見てるんですね、吾一さんは」と、波乃がうれしくてならないというふうに言った。「となるとお二人さん、変なことを言ったりできませんよ。吾一さんが真似《まね》をするかもしれませんから。いえ、ちゃんとわかるでしょうから、心配しなくていいと思います」

「そうなると、吾一さんの見習いは短くてすみそうですね」

信吾がそう言うと、権六は目を閉じてしまった。

「あら、キジバトが来ていたんだわ」

話に夢中になっていたが、権六が黙ってしまい、話が途切れて静かになったので、波乃は庭に来たキジバトの低い啼《な》き声《ごえ》に気付いたようだ。

六畳間の西側に差し掛けにした鳥小屋で烏《からす》のカア助を飼うようになってから、キジバトをはじめ雀《すずめ》などの小鳥は一切近付かないようになっていた。ところが信吾や波乃がカア助を庭に出して餌を与えたり、羽ばたきや背伸び、また飛び跳ねる運動をさせたりするのを、遠くから見ていたようである。

　翼を骨折しているために飛べないことと、鳥小屋に入れられているあいだは外に出られないことがわかったらしい。それにカア助は威嚇の啼き声をあげないし、休ませるときには信吾が小屋全体を筵《むしろ》で捲《ま》くようにしているので、安心してやって来るようになっていた。

「ちょっと失礼しますね」

　波乃が大豆や屑米《くずごめ》を撒《ま》いてやり、障子を閉めて自分の席にもどるのを待って権六は口を開いた。

「実は九月から、北町の若木旦那の供で町廻りをやることになってな」

「えッ、本当ですか。凄い。おめでとうございます、親分さん」

　ところが波乃はキョトンとしている。なにが凄いのか、信吾がなぜ興奮しているのかわからぬとの芝居である。だから信吾は権六に「ちょっといいですか」と断って、定町廻り同心の供で町廻りをするのが、目明しにとっていかに名誉なことかを簡潔に話した。

　前日の夜に吾一と話したことなのだが、波乃はいちいち驚き、感心していた。これで権六は、吾一が二人に打ち明けていなかったと確信したはずである。だから余裕をもって聞くことができたようだ。こう言ったのである。

「吾一は昨夜、そのことは話しませんでしたか」

「ぜんぜん」

信吾がそう言うと波乃も調子をあわせた。

「これっぽっちも。でもよく我慢できたと思うわ」

「多分、同心の若木さんに釘を刺されてたんじゃないかな」

「信吾の言うとおりだ。一昨日《おとつい》の夜、吾一に言われたので、晩飯を喰ってから八丁堀に出向いたんだが」

権六はそのとき初めて玉吉が八月一杯までしか供はできないので、九月から頼めるかと言われたのである。権六にとってはまさに青天の霹靂《へきれき》で、口を開いたまま目を丸くしていた。それを見て若木は怪訝《けげん》な顔になった。

「息子に聞いてないのか」

「若木の旦那が相談があるので、今晩でも明日でもいいが屋敷に来るようにと」

「それだけか」

「へえ、それだけで」

若木完九郎は弾《はじ》けるように笑った。

「権六、いい息子を持ったな。おれが言ったことだけを伝えておるぞ。それ以外は、たったのひと言も口にすんじゃねえぞと言ったんだが、きっちりとそれを守ったんだな」

そう言うと若木は笑い続けたそうだ。

吾一は昨夜、信吾と波乃、そして常吉に話したのだから、嘘《うそ》を吐《つ》いて父親を騙《だま》したことになる。それにしてもなんとも親孝行な嘘、親孝行な騙しではないか。

となると権六に洩らさないよう、常吉に釘を刺さねばならないなと信吾は心に決めた。

そして折を見て、若木が大喜びしていたことを吾一に教えてやろうと思ったのである。

「すると吾一さんにも、町廻りの供をさせるのですね」

「こまが連れて行ってやれと言ったが、耐えられるかなあ。あいつは小柄だし」

「吾一さんなら、歯を喰いしばってでも頑張ると思いますよ」と、波乃は自信たっぷりに言った。「だって、権六親分さんの息子さんですもの」

遠来の客

一

昼の八ツ(二時)すぎであった。

信吾が八畳間で桝屋良作と対局していると、出入り口の開閉音がした。客かだれかが入って来たらしいのに、その後なんの気配もない。

変に思ってそちらを見ると、まだ若い男がじっと見ていたのである。信吾が驚くのを見て、その顔がおおきく崩れたのは笑ったからだ。「ぐしゃり」と音がしたと思ったほどだが、そんな笑い方をするのは、信吾の知りあいには一人しかいない。

「信吾、おれを憶《おぼ》えてるか」

一瞬の間が空いたのは、ふたたび会うことがあるとは思ってもいない人だったからだ。

「厚太郎《こうたろう》さんじゃないですか。わたしが忘れる訳がないでしょう」

あいだに六畳間を挟んでいるので、遣《や》り取《と》りの声はどうしてもおおきめになってしまう。

それもあってか、将棋客たちは勝負を中断して、信吾と厚太郎の顔を交互に見ていた。

席亭を呼び捨てにするとはいったい何者なのだ、との思いもあったのだろう。もしかすると信吾の言った厚太郎という名で、記憶を呼び覚まされた者がいたのかもしれない。だがそれは考えられないと、すぐに打ち消した。まだほんの子供時分に江戸を去り、それから長い歳月が流れている。いっしょに遊んだ仲間ならともかく、将棋客のなかに憶えている者がいるとは考えられなかった。

「やっぱり、信吾は信吾だな」

言葉そのものはともかく、喋《しゃべ》り方がのんびりして、江戸ふうの小気味よさや切れが感じられなかった。口調からするかぎり、信吾の知っていた厚太郎とは別人としか思えない。言葉は江戸言葉なのに、なんとも柔らかなというより、間の抜けた言い方で厚太郎は続けた。

「まるで変わっちゃいない。いや、いい意味で言ってるんだぜ。あれからもう十……」

「十五年になりますね」

「子供んときに別れてそんなになるのに、よく憶えていてくれたな」

厚太郎の一家は十五年まえに京都へ行った。だから喋り方が柔らかくて、のんびりと感じられるのだろう。

二歳年上だった厚太郎が京都に移ったのは、信吾が八歳だったので十歳のときだ。信吾が二十三歳の今年、厚太郎は二十五歳である。

久し振りに会った信吾に、なんとか江戸言葉で話そうとしているにちがいない。言葉はそれらしくなっても、京都ふうの喋り口はすぐには直せないのだろう。向こうでの生活が江戸より五年も長いのだからむりもない。

「忘れる訳がないじゃないですか、わたしが厚太郎さんを」

「席亭さん」と、桝屋が盤面に目を遣ってから言った。「この一番は指し掛けにしましょう。なにかとお話があると思いますが、ここじゃなんですから」

場所を替えて話してはどうですか、と気を利かせてくれたのである。

「では申し訳ないですが」

好意に甘えて席を立った信吾は、将棋客たちに頭をさげながら出入り口に向かった。

「甚兵衛さん、あとをよろしく頼みます」と将棋会所の家主に告げてから、信吾は小僧に命じた。「常吉、よほどの場合でなければ鈴は鳴らさないように」

日和下駄《ひよりげた》を突っ掛けた信吾は、厚太郎をうながして庭に出た。あのころは二歳年上の厚太郎のほうがずっと背丈があったが、今では逆転していた。

緋鯉《ひごい》と小鮒《こぶな》の泳ぐちいさな池を横に見ながら、生垣に設けられた柴折戸《しおりど》に向かう。障子は開けたままなので、ほとんどの客が二人を見ているはずである。

信吾の言った十五年という言葉が、気にならないはずがないのだ。どんな知りあいだろうかと、思わずにいられないにちがいない。

「あのときは本当に驚きましたよ。突然と言っていいでしょう、わずか数日のうちに見世を畳んでいなくなったんですもの、家の人みなさんが」

言い終わったときには柴折戸を押して母屋側の庭に入っていたので、将棋客には聞かれていないはずだ。常吉が来客ありの鈴を鳴らしたらしく、表座敷では波乃が座蒲団《ざぶとん》を並べていた。

五月に生まれたばかりの娘の七五三は、昼間は明るい八畳間に寝かせて、波乃はそれを見ながら針仕事などをすることが多かった。来客ありの合図に、素早く奥の六畳間に移したのだろう。

波乃に驚いたようだが、厚太郎は会釈しただけでなにも言わなかった。

「子供のころ世話になった厚太郎さんだ」

「ようこそいらっしゃいました」

波乃は控え目に頭をさげた。

「家内の波乃です」

「初めまして。突然お邪魔して申し訳ありません」

「おあがりくださいな。すぐにお茶の用意をいたしますから」

「どうかお構いなく」

二人が沓脱石《くつぬぎいし》から濡縁《ぬれえん》にあがったときには、すでに波乃は八畳間を出ていた。

遠来の客で年上ということもあり、厚太郎には床の間を背に坐《すわ》ってもらった。信吾はそのまえに座を占めた。

「浅草にもどって昔の知りあい何人かに会ったんだが、ほとんど憶えてるやつがいなくてな。こっちが名乗ってようやく思い出す始末さ。名前を呼んでくれたのは信吾だけだぜ」

「だって忘れる訳がないでしょう。わたしがいじめられていたとき、いつも庇《かば》ってくれたのは厚太郎さんですもの」

三歳時に患った大病から快復した信吾は、その後は病気らしい病気は患わなかった。しかしひ弱なこともあって、当時はなにかというといじめられていたのである。

のちに竹馬ならぬ竹輪の友となる完太《かんた》と寿三郎《じゆさぶろう》それに鶴吉《つるきち》は、いじめに加わりこそしなかったが助けてはくれなかった。三人は喧嘩《けんか》が弱かったので、腕白連中が相手では手も足も出なかったのだろう。

そんなとき、二歳年上の厚太郎だけは庇ってくれたのである。信吾が弟の照次《てるじ》と仲が良かったからかもしれない。

「弱い者いじめをするのは、みっともないからよせ」

厚太郎がそう言うとやめはするものの、いなくなると連中はいじめを繰り返した。しかし信吾は、自分を庇ってくれる者がいるだけでもうれしく心強かった。

「あのころから将棋は大人でも敵《かな》わないくらい強かったんで、将棋会所を開いたって聞いても驚かなかったが」と、厚太郎はまじまじと信吾の全身を見た。「それにしても信吾はふしぎなやつだなあ。顔や雰囲気は十五年まえとちっとも変わらんのに、体はまるで別人になってる」

「信吾は昔の信吾ならず、ですよ。厚太郎さんが浅草からいなくなったのは、わたしが八歳のときでしたが、九歳から檀那寺《だんなでら》の和尚さんに護身の術を習いましてね。棒術と体術ですけれど、それは今も続けていますから。十何年も続けてりゃ筋肉も付きますし、体形も変わります。背丈も驚くほど伸びました」

その後、剣術と鎖双棍《くさりそうこん》も教えてもらったが、信吾はそれには触れなかった。

「おまけに相談所もやってるってんだから、驚くしかないだろうが」

「相談所じゃなくて相談屋ですよ。困った人の相談に乗るだけでなく、悩みを解決するのを条件にお金をもらってます。それとおまけに相談屋もやってるのではなくて、それだけでは喰《く》ってゆけないので、日銭を稼ぐために将棋会所をやってるのです」

「しかも嫁さんを、それも飛びっ切りの別嬪《べっぴん》さんをもらってるんだから、驚くというより呆《あき》れてしまうしかないよ」

その言い方からすると、厚太郎は独身《ひとりみ》のようだ。

「それにしても、あのときほど驚いたことはありませんでした。あわただしく人が出入りしていたかと思うと、わずか数日で」

「七日だ。八日目には浅草を、ってことは江戸を引き払っていたから。なにしろ急なことだったから、詳しく話す間もなくてな。親父《おやじ》は取引先や近所の人には説明したはずだが、だれも信用しなかったんじゃないのか。そのくらい急だったから」

信吾は厚太郎と弟の照次に、こう言われたのだった。

「京の本店《ほんだな》のあるじ、つまり親父の兄さんが亡くなった。長男がまだ十二歳なので、一家で京に移って本店を潰さぬように支えるしかないんだ」

十五年も経《た》っているのにすっかり思い出せたのは、よほど強烈に頭に刻みこまれていたからにちがいない。

京に移す物の荷造りや不要品の処分、移転のためのさまざまな手続きなど多忙な日々がすぎ、やがて厚太郎によれば八日目だったそうだが、一家は江戸から消えてしまった。

「まえの日までいらしたのに、次の日には全員がいなくなっていましたから」

「だれもいなくなったんだから、夜逃げってことになってたんじゃないか」

「まさか」

「だってそう思うしかないだろうが。なにかと噂《うわさ》になったはずだがな」

そうなのだ。厚太郎の父吉次郎《きちじろう》が事情を話したとしても、一家の全員が町から消えたのだから話題にならぬはずがない。さまざまな噂が飛び交った。ほとんどが憶測だろうが、どれもがもっともらしく語られたのである。

信吾も信じられぬような噂を耳にした。

何度か儲《もう》けさせてもらった相場で、これまでの何倍もの大儲けができると持ち掛けられた。迷った末に清水《きよみず》の舞台から飛び降りる覚悟で乗ったら、とんでもない嘘《うそ》の話で莫《ばく》大《だい》な借金を背負ってしまった。

吉次郎が吉原《よしわら》の花魁《おいらん》に入れ揚げ、有り金どころか借金までして貢いだ。だが花魁が豪商に身請けされたので、みっともないのと多額の借金のため、江戸にいられなくなった。一家心中か夜逃げかということになって、なんでも蝦夷《えぞ》地《ち》に逃げたそうだ。

半年したらかならず金が入るからと親類に頼まれ、請人《うけにん》になったら当てが外れてしまった。莫大な借金のため親類は無理心中したが、自分たちはどうしても死ねないので一家は夜逃げした。

おなじような噂が、それこそ乱れ流れたのである。

気が気でなかったが、子供だった信吾には確かめようがない。厚太郎兄弟から京の本店に移ると打ち明けられてはいたが、子供の信吾にとって京都は異国にも等しかった。そのうちに照次から手紙が来たので住所はわかったものの、京都に行くことなど考えることもできなかったのだ。

それでもなにかあるたびに、信吾は厚太郎と照次兄弟のことを思い出した。しかし新しい情報が入って来なければ、次第に心の片隅に追いやられるのもむりはない。

そのうちに信吾は、自分のやるべきこと、やらねばならぬことに心を取られるようになった。悩んだ末に宮戸屋を弟の正吾《しょうご》に任せて、親元を離れることにしたのである。

そして十五年振りの、厚太郎との再会であった。そういえば照次はどうしたのだろう。信吾を訪ねて来るとすれば厚太郎よりも照次が、でなければ兄弟で来るはずであった。

二

「お茶が淹《はい》りました」

波乃は厚太郎と信吾のまえに湯呑茶碗《ゆのみぢゃわん》を置いたが、自分の茶碗も用意していた。ということは、声を掛けられるのを期待していたにちがいない。

平鉢には扇屋《おうぎや》伊勢《いせ》の七草煎餅《ななくさせんべい》が盛られていた。厚太郎の好みがわからないので、無難なところを出したのだろう。

「信吾とは十五年振りなんですがね。よかったら波乃さんもごいっしょ願えませんか」

「あら、よろしいのですか。積もる話がおありでしょうに、あたしなんかを加えていただいても」

襖《ふすま》は開けたままだったので、波乃は敷居口で断りを入れた。

「失礼しますね」

当たりまえのようにそう言えるのが、いかにも波乃らしいところだ。客が厚太郎でなければ、「初めからそのつもりなのに、よく言うよ」とからかうところである。

「信吾に会えるのを楽しみにやって来たら、こんなきれいな嫁さんをもらっているじゃないですか。あの引っこみ思案で泣き虫だった信吾が、どんな顔をして口説き落としたのかと思うと、まずそれを聞かせてもらわずにはいられませんね」

波乃が加わったからだろう、厚太郎の話しぶりが少し丁寧になっていた。

「わたしたちがいっしょになった事情は、取り立てて話すほどのことではありませんが、厚太郎さんのほうはそれこそ波瀾万丈《はらんばんじょう》だったのでしょう。まずそれを聞かせてくださいよ。あッ、そのまえにちょっといいですか」

信吾は厚太郎に断ってから、今に至るまでの経緯を掻《か》い摘《つま》んで波乃に話すことにした。まったくの白紙では訳がわからず、波乃が混乱すると思ったからだ。

浅草広小路の南に、東仲町と西仲町《にしなかちょう》を挟んで、七区画よりなる三間町《さんげんちょう》がある。厚太郎は三間町で卸《おろし》も小売りもやっている、蠟燭屋《ろうそくや》「宮古屋《みやこや》」の長男であった。

宮古屋の本店は京都にあるが、そちらは伯父の勝太郎《しょうたろう》が継いだ。そのため厚太郎の父吉次郎は、江戸に出て同業の見世を開いたのである。本店は美弥古屋《みやこや》だが、江戸店《だな》は字を変えて宮古屋としたそうだ。

「あら」と、波乃が声をあげた。「おなじ浅草で宮古屋さんと宮戸屋さんだなんて、ふしぎなご縁ですね。それも、たった一文字しかちがわないのですもの」

東仲町に信吾の両親が営む料理の宮戸屋があり、そのすぐ南の三間町に厚太郎と照次の親が開いた宮古屋があった。ともに浅草広小路の南ということもあって、ときどきまちがえる人がいたほど紛らわしい。

「照次と仲良くなったのは、見世の名がよく似ていることもあったと思う。だからいじめられていると、いつも厚太郎さんが庇ってくれたんだ」

「引っこみ思案で泣き虫だったたって、本当だったんですね。あたし、てっきり冗談でおっしゃったと思っていました」

「いくらなんでも奥さまをまえにして、旦那さまの冗談や悪口は言えないでしょう」と、厚太郎は言った。「逞《たくま》しくなったのでおれも驚いたけど、寺の和尚さんに護身の術を習ったと聞けば、納得するしかないもの」

「ところが十五年まえに、美弥古屋のあるじ勝太郎さんが急に亡くなられてね」と波乃に言ってから、信吾は厚太郎に訊《き》いた。「そのとき勝太郎さんは、何歳だったのですか」

「三十八歳だ」

答えた厚太郎は、その辺の事情の一部しか、信吾に伝えていなかったことを思い出したらしい。信吾が自分に喋らせようと仕向けたことに気付いて苦笑したが、どうせ話さなければならないのだからと観念したようである。

信吾はおおよそのことがわかっているので、厚太郎は波乃に言った。

「京都は勝太郎さんが一人で切り廻《まわ》していたので、番頭はあるじの長男の後見人となって、見世を盛り立てるだけの力を付けていなかったということです」

親類縁者が協議して、勝太郎の弟吉次郎つまり厚太郎の父に相談を持ち掛けた。長男の賢太郎《けんたろう》が十二歳なので、一人前になるまで面倒を見てもらいたいと訴えたのである。

「本店の危機をなんとかしなければならないので、吉次郎さんは一家で江戸を引き払ったということですね。江戸店をなんとかとは、考えなかったのでしょうか」

信吾は一番気になっていたことを厚太郎に訊いた。兄の息子が一人前になるまでということなら、五年か長くても十年だろう。それまでは江戸店を人に任せて本店を立て直し、長男に引き渡して江戸にもどるのが普通だと思ったのである。

「兄弟は似るもんだなあと呆れてしまったが、親父も兄の勝太郎さんとおなじでな」

「一人で切り廻していたので、番頭さんがあとを託せるだけの力を付けていなかったのですね」

ほかに頼める人がいないとなれば、引き払うしか考えられなかったかもしれないが、なんとなくしっくりしなかった。

「そういうことなんだが」と、そこで厚太郎は間を取った。「とも、言い切れないところもあってな」

どうにも歯切れが悪い。

「えッ、どういうことでしょう」

身を乗り出したのは信吾ではなくて波乃であった。波乃は商人の娘というだけあって、というより「おやこ相談屋」の女あるじとして、堪《こら》え切れないほどの好奇心を掻き立てられたようだ。もっともこのように話が推移すれば、だれだって奇妙だと思わずにいられないだろう。

「あとになってわかったのだが、親父には親父なりの考えがあったのだ」

吉次郎がなにを考えていたかの見当は付くが、もしかするとちがっていることもなくはない。

ともかく聞くしかなかった。十五年振りに会ったのだから、なにがあったとしても驚いてはならないと、信吾は自分にそう言い聞かせたのである。

「甥《おい》っ子《こ》の賢太郎はやっと十二歳になって、商いのいろはを学び始めたばかりでな。自分の息子の厚太郎、つまりおれとはたった二歳しかちがわない、と言やあわかるだろう」

波乃がどことなく落ち着きをなくしたように感じられたのは、厚太郎が言わんとした意味を理解したからだろう。

「本店の経営をご自分の手で、ということですね」

「そうだ。親父があるじに納まり、長男つまりおれを後釜に据える腹積もりだったということだ。要するに乗っ取りだな」

となるとおだやかでない。

信吾と波乃は思わず顔を見あわせた。厚太郎が江戸に出て来たのは、明らかに父親吉次郎の目論見《もくろみ》が外れたことを意味している。

「しかし父も強《したた》かだから乗っ取りの気配は曖気《おくび》にも出さず、兄の息子賢太郎の後見人に徹したんだが」

「そうは問屋が卸さなかったのですね」

「伯母、つまり勝太郎さんの女房で賢太郎の母親だが、この女《ひと》が我慢しきれなくなったということだ」

息子が二十歳になると、吉次郎にあるじの座を譲って隠居するようほのめかしたのである。しかし応じようとしないので、二十五歳になると強引に迫るようになった。

あれこれと理由を挙げて躱《かわ》し続ける吉次郎に業を煮やした伯母は、賢太郎を美弥古屋の後継者にするようにというのが勝太郎の遺言だったと言い張った。遺言となると逆らえない。

「遺書かそれに類した書き物がありましたら、見せてもらえるかいな。遺言やと言われても、てまえはなんも聞いておりまへんし」

吉次郎は突《つ》っ撥《ぱ》ねたが、伯母はまるで動じない。

「当然でっしゃろ。京で臥《ふ》しとる主人の声が、江戸の吉次郎はんに聞こえる訳がおへん」

「遺書があらへんのに、そないに言われても承知できまへんなあ」

遺書があれば突き付けるはずだからと、吉次郎は強気に出たのだが、伯母にはわかった上での手順であったようだ。

ある日、吉次郎が取引先からもどると、表座敷に親類縁者が顔を揃《そろ》えていたのである。

「勝太郎はんがお亡くなりになりましたんで、息子の賢太郎が一人前になるまでと、吉次郎はんに後見を頼みましたわいなあ」と、長老格の親類代表が言った。「お蔭《かげ》さんで賢太郎は一人前の商人に育ちよりました。心よりお礼を申しあげます。つきましては約束どおり、この辺で賢太郎を美弥古屋の新しいあるじとし、吉次郎さんには隠居していただこうと思いましてな」

全員の総意だというのは、集まった面々の顔を見れば一目瞭然であった。伯母が十分すぎる根廻しをしての最後通告となれば、手の打ちようがない。

生き馬の目を抜くと言われる江戸で揉《も》まれた吉次郎は、仕事には辣腕を揮《ふる》ったが、あまりにも強引すぎたので、京都の連中には反感を買っていたのである。仕事で実績を上げることが一番ではあるが、将来の地位を約束するとか、さまざまないい思いをさせるなりして、周りの者を懐柔しておかねばならなかったのだ。

それを怠ったのが誤算で、気が付いたときには手遅れだったのである。力で押し切ろうにも孤立状態で、周囲の協力が得られないのは明白であった。

三十代か四十代も前半ならまだしも、吉次郎は五十に手が届こうとしている。しかもあるじになろうと家族を引き連れて本店に乗りこんだので、江戸店はとっくの昔に手放していた。

やり直そうにも基盤も後ろ楯《うしだて》もなしでは、手の施しようがなかった。不本意ではあっただろうが、吉次郎は毎月隠居手当を受け取る条件を呑《の》んで、身を退《ひ》くことを承諾したのである。

「それで厚太郎さんの跡目相続の目は、消えたということなのですね」

「おいおい、信吾」と、厚太郎は呆れたように言った。「おれが悲嘆に暮れてるなんて思わんでくれよ」

空元気ではないかと思ったが、厚太郎の表情からは真意を汲《く》み取ることはできなかった。迂闊《うかつ》なことは言えないので、当たり障りなく躱すしかない。

「思う訳がないじゃありませんか」

「京都で育って働き盛りで江戸に出た親父と、おれはまるっきりちがってるんだ」

「と申されますと」

「おれは十歳までしか江戸にいなかったし、京都では十五年もすごしている。それなのにおれの血は、すっかり江戸の色に染まっていたんだな」

「そう言えば厚太郎さんは、わたしから見ても江戸っ子らしい江戸っ子でしたよ」

三

「江戸は浅草の三間町、蠟燭屋の息子として生まれたおれには、京や大坂《おおざか》よりもおおきくなった新興の江戸で、宮古屋を本店に負けぬ大店《おおだな》にしたいという夢があった。ところがあのときは、父に従って京に移るしかなかったんだ。おれが二十歳、いや十八かせめて十七になっていたら江戸店を引き継ぎ、父がもどるまでなんとか持ち堪《こた》えさせただろう。しかし商いを学び始めたばかりという十歳の餓鬼に、一体なにができるというのだ」

京都に移った厚太郎は、夢のことは据え置いて、新たな気持で商売に励まねばと思った。

厚太郎と照次は月に四日は、朝の五ツ(八時)から昼過ぎの八ツまで手習所に通ったが、それ以外は下働きをしながらひたすら蠟燭について学んだ。原材料の黄櫨《はぜ》の実、米《こめ》糠《ぬか》の糠蠟、蜂の巣から採った蜜蠟、鯨の脂などである。それから製法、原料の産地による特色など、憶えなければならないことは山ほどあった。

ところが困ったことに、言葉の壁に苦しめられたのである。見世でも手習所でも、厚太郎と照次は言葉を笑われ、いじめられた。また京で商人となるには、なにはともあれ京言葉を喋れなければはじまらない。

だから泣きながら京言葉と話し方を身に付けるしかなく、そのため好きで来た訳でない京都がますます嫌いになった。それもあって兄弟二人だけになると、江戸の浅草に宮古屋を復活再興させる夢を熱く語りあったのである。

京言葉や訛《なま》りが板について、京ふうに喋ることができるようになっても、二人の心は江戸っ子のままであった。むしろ頑《かたく》なに江戸っ子、江戸言葉にしがみついていたのである。

「ところが親父はそうではなくてな」

吉次郎にすれば兄の勝太郎に死なれて、そのままでは京の本店は維持できぬどころかまちがいなく潰れてしまう。父祖が築きあげた老舗を潰してしまうことなど、断じてしてはならなかった。だから江戸を引き払って京に移り、賢太郎を商人に育てながら本店を守り抜いたのである。

厚太郎はまるで知らなかったし、気付いてもいなかったが、吉次郎は自分の夢に向けて驀進《ばくしん》していた。美弥古屋の乗っ取りである。ところが気ばかり先行したためもあって結局は挫折し、跡を賢太郎に譲って隠居するしかなくなったのだ。

「自分が本店のあるじになれなかったのはしかたないとして、おれに跡目を譲れなくなったのを、親父はよほど申し訳なく思ったらしい。すまんことをしてしまったと、くどくどと詫《わ》びるのだ。そんな親父を見るのが辛《つら》いのもあったが、これが潮時だとおれは江戸に出ることにしたんだ」

厚太郎と照次兄弟の話だったのに、いつの間にか照次が消えていることに信吾は気が付いた。

「ところで照次は」

信吾が思わずというふうに訊くなり、厚太郎は視線を落とした。随分と畳に目を落としていたが、やがてゆっくりと顔をあげて信吾を見た。それまで見せたことのなかった、悲痛の色に覆われた目であった。

「照次はおれ以上に京の水があわなかったようでな。辛い目、厭《いや》な目に遭うたびに、あ、信吾がいてくれたらと言ったものだ」

「……すると」

「京で十八まで頑張ったが、儚《はかな》いことになってしまった」

だからたまにではあっても届いていた照次からの便りは、いつの間にか絶えてしまったのだ。信吾も途切れ途切れに便りを出していた。それを見ているはずだが、父親からも兄の厚太郎からも、亡くなったとの報《しら》せは受けていなかった。

少年時代の数年をいっしょにすごしはしたものの、江戸と京都に離れてしまっている。敢《あ》えて哀《かな》しませるには及ばないと判断したのだろうか。となると厚太郎に、照次の死を報せてくれなかった理由を訊くことはできない。

「そうだったんですか。なんとお悔やみを申しあげたらよろしいのやら」

波乃が手巾を出して目を押さえた。信吾は堪えなければと思ったが、どうにも堪えきれず、懐から手拭いを出して涙を拭ったのである。


「厚太郎さんが江戸に来られて、というかもどられてから、当時の奉公人にはお会いになられたのですか」

江戸に出た厚太郎は働かなくてはならないだろうが、信吾は江戸に出て来たからには、手蔓《てづる》があってのことだと思ったのである。

「会うも会わないもない。会いたくても、江戸には一人もいないんだ」

「えッ、まさかそんな」

信吾の驚きようがひどかったので、厚太郎は苦笑混じりに説明した。

「江戸生まれで江戸育ちの信吾が、知らないのはむりもないが」と、厚太郎はその理由を話した。「京の商人が江戸に見世を出すとき、奉公人は京か近江《おうみ》の者しか雇わないんだ。実家が向こうにありゃ、使いこみとか品の横流しなんて悪さはできないし、もしやれば実家が弁償させせられる。その点、他所者《よそもん》はなにをやらかすかわからんからな」

「すると宮古屋さんの奉公人も」

「親父が江戸に出るとき連れて来た、京と近江の者ばかりだ。江戸に来てから雇うときも、みんなあっちの者を呼び寄せていた」

「そうだったのですか。まるで知りませんでした」

「小僧や手代のころはほとんど一日中見世に縛られているので、連中の世界は哀れなほどに狭い。仕事関係くらいしか知りあいはできんのだ。番頭になれば付きあいの範囲は拡《ひろ》がるが、どうしても京の出店の連中とになりがちだ」

「あら、家《うち》だけかと思っていましたが、そういうお店《たな》が多いんですね」

波乃が口を挟んだので、厚太郎はどういう意味なのだと訝《いぶか》ったようだ。

「波乃の実家は阿部川町《あべかわちょう》で春秋堂《しゅんじゅうどう》という楽器屋をやっているのですが、京都の老舗楽器商で学んだご先祖が江戸に出て、見世を開いたそうなんですよ」と厚太郎に言ってから、信吾は波乃に訊いた。「春秋堂も宮古屋さんとおなじなのかい」

「男の奉公人は京か近江の人ばかりですね」

「女の奉公人はどうなんですか」

春秋堂の先祖が京の出だと知って、厚太郎は興味を示したらしい。

「慶庵《けいあん》に声を掛けていましたけど」

「すると見世でお客さんに楽器の説明をし、笛を吹いたり三味線や琵琶《びわ》を弾いたりできる人なんですね」

「いいえ、お客さまに接するのは父や番頭さんと手代たちです。女でお客さまの応対をするのは、母と姉、ほかに二人だけですけど」

「そのお二人も慶庵で」

「いいえ。京都の知りあいの娘さんで、二人とも何種類もの楽器を奏でられます。春秋堂は女のお客さまも多いですから」

「そういうことですか」

「慶庵を通じて雇うのは炊事、洗濯と掃除、それに母や姉の身の回りの世話をする女中さんだけですね」

「その人たちは、楽器には一切関わらないのでしょう」と、波乃がうなずくのを見て厚太郎は言った。「やはり京店の基本は、ちゃんと守っておりますね」

「そこまで厳密だとは思ってもいませんでした」と、信吾は厚太郎に言った。「宮古屋さんの奉公人が江戸にいないということは」

「宮古屋を畳んだとき、江戸を出て京にもどったということだな。江戸で親しくなった者はあまりというか、ほとんどいないからね」

「江戸に残る気にはなれなかったのですね」

「なるべく使ってやりたかったが、本店には昔からの奉公人がいるから、全員の面倒を見ることはできなんだのだよ。可哀想《かわいそう》だがしかたがなかったんだ。あちこちに頼んで、なんとか奉公先は見付けてやったけどね」

「女の方はどうなさったのですか」

波乃が訊いたのは、自分も女なので女奉公人のことが気になったのだろう。

「いません」

「まさか」

「江戸店には女の奉公人を置かないんですよ、波乃さん。京都や近江から呼び寄せないだけでなく、慶庵にも頼みません」

「だってお食事や洗濯なんか、毎日のことがあるでしょう」

「なにもかも男の奉公人がやります。江戸者や他所から来た者の世話にはならず、全部自分たちで賄うってことですね。掃除は当たりまえとして、炊事も洗濯も当番を決めてやります。それに京の女は自分たちのいる所が都で、江戸は田舎者の寄せ集めだと思っていますから。江戸になんか出たがりません。都の女が田舎者の餌食になっちゃかなわんと、まるで江戸の人を獣かなんかのように警戒しているのですよ」

「まあ」

さすがに波乃は呆れたようだ。

「京都の女がいいと言ってるんじゃないんだ。まったく逆だからね。だって鼻持ちならないもの」と言ってから、厚太郎はおどけた口調になった。「なんたって、かく申すおれさまはお江戸生まれで江戸育ち、ただし十歳までなのがちと辛い。それでも生粋の江戸っ子のつもりだよ。言葉はちょっと、いや相当に怪しくなっちまったけど、歴《れつき》とした江戸っ子だから、馬鹿にしないでおくんなさい。だからお俠《きやん》な江戸娘でなきゃ相手にしないのさ。京女なんかには洟《はな》も引っ掛けない」

厚太郎のおどけ振りに、信吾と波乃は思わず噴き出してしまった。それだけならまだしも、波乃の箍《たが》が外れた馬鹿笑いが始まったのである。

まさかと思ったが、京店と江戸店のちがいなどを聞いていて、信吾が感じた以上に気持が沈んでいたのかもしれなかった。だから江戸娘と京女の比較に至り、一気に箍が外れてしまったのではないだろうか。

慣れている信吾はいいが初めての厚太郎は、波乃の馬鹿笑いが信じられなかったにちがいない。それくらい派手で凄《すさ》まじかった。

不意に波乃が立ちあがったが、その顔からは一瞬にして笑いが消えていた。なにごとなのだと、厚太郎が顔を強張《こわば》らせたほどだ。

「ごめんなさい。ちょっと失礼しますね」

言うなり襖を開けて波乃は足早に部屋を出たが、理由はすぐにわかった。波乃が襖を開けるなり、赤ん坊の泣き声が聞こえたからである。

男たちは気付かなかったが、奥の六畳間で泣き始めた娘の声を、母親の耳はちゃんと捉えていたのだ。

七五三は手の掛からない赤ん坊で、大声で泣き喚《わめ》くことはまずなかった。空腹になったか、襁褓《むつき》が濡れて気持が悪くてならないときくらいしか泣かない。

大声で泣かせると肺や体全体が丈夫になるから、しばらくほったらかしにしておいたほうがいいと言う人もいる。だがそれはちがった方法で工夫すべきで、赤ん坊に辛い思いをさせては心が歪《ひず》んでしまう、というのが波乃の考えであった。

産婆のお伝《でん》さんも、「まさにそのとおり。迷信みたいなことを言う人がいるから、気を付けるんだよ」と言ってくれた。波乃は自信を持って二刻《ふたとき》（約四時間）置きに乳を呑ませ、襁褓を取り換えて寝かせるようにしている。だから七五三はむずかることはあっても、泣き喚いたりはしない。その七五三が泣いたのだから、波乃が顔色を変えたのもむりはないだろう。

厚太郎が将棋会所に姿を見せたのは八ツすぎだったが、まだ七ツ（四時）にはなっていないはずである。とすれば空腹や濡れた襁褓の気持悪さのせいではなく、突然起きた大人たちの笑いのためのようだ。

不意におおきな笑い声がしたので目を醒《さ》ましたが、母の笑い声はするのに姿は見えなかった。いつも見守ってくれている母がいないのがわかって、不安になったにちがいない。

泣き声が静かになったのは、波乃が抱いてあやし始めたからだろう。

四

ほどなく七五三を抱いた波乃が、八畳間に入って来た。同時にかすかな乳の匂いがした。

「ごめんなさいね。めったに泣く子ではないのですけど」

「馬鹿笑いが聞こえるのにおっかさんがいないので、不安になったんだよ。きっと」

「信吾と波乃さんの子かい。いや、それしか考えられないよな。……おれって、なに馬鹿なことを言ってるんだ」

自分でも変なことを言ったと思ったからだろう、厚太郎は滑稽なほど狼狽《うろた》えてしまった。しかし笑う訳にいかないので、信吾は懸命に堪えたのである。

すると不意に背筋を伸ばした厚太郎が、別人としか思えないほど厳粛な顔で言った。

「それは誠におめでとうございます。心よりお慶《よろこ》び申しあげます」

祝いを述べると同時に、厚太郎は深々と頭をさげた。信吾と波乃は顔を見あわせ、あわて気味に礼を述べた。

「どうもありがとうございます」

なぜか声が揃ってしまったのである。

「生まれてまだ、それほどは経っていないようだけど」

抱いた七五三をあやす波乃を見ながら、自信なさそうに厚太郎が言った。やはり独身のようだな、と信吾はその思いを強くした。

「三月《みつき》とちょっとになります。五月の三日に生まれましたから」と、波乃が答えた。

「驚かせてごめんなさいね、厚太郎さん。いつもは静かに寝ているのですけれど」

「いやあ赤ん坊が泣くのは、元気な証拠ですから。……名前は」

「女の子で七五三と名付けました」

「そうかい。しめちゃんね。一姫《いちひめ》二太郎《にたろう》と言って、一番上は女の子がいいと聞いている。下が生まれると姉さん顔で、せっせと世話を焼くそうだよ」

「厚太郎さんは、お子さんはいらっしゃらないのですか」

信吾としてはできれば触れたくなかった話題であったが、七五三をあいだにしているので、波乃がそう訊いたのは自然の流れだったのだろう。

「まだ嫁さんをもらってないのでね、それなのに子供がいちゃあ変でしょう。変と言うよりたいへんだ」

話が深刻にならずにすみそうなので、信吾はいくらか気が楽になった。だから厚太郎の話にあわせることにしたのだ。

「奥さんがいなくても、子供を作っている人はいますよ」

「おれはそれほど器用じゃないからなあ」

「器用不器用とは、ちょっとちがう気もしますけれど」

ひとしきり笑ってから、信吾は厚太郎に訊いた。

「ところで厚太郎さん。お仕事はどうなさるつもりですか。もしかすると、もう決まっているのでしょうか」

言うと同時に信吾は後悔した。瞬時にして厚太郎の顔が不快になったのがわかったからである。

「ごめんなさい」と、波乃が厚太郎に言った。「この子、向こうで寝かせてきますから。でないとゆっくり話せませんものね」

そう断って、七五三を抱いた波乃が部屋を出たのは、自分がいないほうがよさそうだと思ったからだろう。なぜなら赤ん坊は、とっくに泣き止《や》んでいたからである。

「信吾に仕事の心配をさせたとしちゃ、煩わせてすまなんだと謝るしかないが」

部屋を出る波乃のうしろ姿を見ながら、厚太郎は表情とは裏腹な言い方をした。

「いえ、わたしはそんな」

厚太郎が気まずい思いをするなどと、信吾は考えてもいなかったのである。ただ場合によっては仕事の世話をしなければとは思っていたので、自然と訊いてしまったのだ。いじめられたとき、厚太郎に庇ってもらったし何度も助けられた。どこかに自分の力になってくれる人がいるとわかって心強かったし、助けたいと思っていてもそれができない人がいることにも気付くことができた。

厚太郎は自分では知らぬうちに、信吾に人の種々相を見るきっかけを作ってくれたのである。お蔭でそれまでよりも適切な距離で人と接することができるようになったし、人が複雑で多くの微妙な面を持っていることに気付けるようになった。それは信吾が選んだ相談屋という仕事にも、おおいに役立っている気がする。

ただ本人は信吾がそんなふうに感じているとは、想像することすらできなかったにちがいない。

「むりもないよな。昔の知りあいが十五年振りに、それも遠路はるばる京都から訪ねてくりゃ、だれだって金絡みだと思わずにいられぬはずだ」

「いえ、そんなつもりでは」

「そう硬くなるなって。信吾のことを言ってるのではなくて、世間一般のことを言っただけだからな」

そうは言っても世間一般に事寄せて、信吾が迷惑がっているはずだと言ったに等しいではないか。

遠来の客を傷付けてしまったとわかって、信吾は暗澹《あんたん》たる思いに囚《とら》われた。

「心配はするな。三月まえに子供が生まれたばかりの信吾に心配、特に金の心配を掛けるほど厚顔無恥じゃねえよ」

そう言って厚太郎は笑い飛ばしたが、信吾の心の揺れを感じてのことではなかっただろうか。信吾はどうにも、すなおに受け取ることができなかった。

「ですが親元を離れて江戸に出て来たのですから、そうも言っていられないのではないですか」

「信吾はどうやら、さっきの話を忘れたようだな」

「さっきと申されますと」

「思惑が外れて、親父がおれに負い目を感じていると言っただろ」

聞いたばかりなのでうなずくしかない。

「京にはうんざりした。親父にはすまないが、おれはやはり江戸にもどるよ、と言ったと思いねえ」

思いねえと伝法な言い方をされても、それがどこにどう繋《つな》がるのかがまるでわからない。

厚太郎は信吾の困惑を楽しむような眼《め》をしてから、おもむろに言ったのである。

「おれが京を出る日の朝、親父はずっしりと重い布袋をおれに押し付けたんだ」

「お金、……ですね」

「親父は自分が本店美弥古屋のあるじとなって、跡をおれに継がせる気でいた、それが思いどおりにいかなくなったことで、まえにも言ったがおれに負い目を感じたんだ。それもとんでもない負い目をな。なぜなら京でも老舗として知られた蠟燭の美弥古屋を継がせることができず、おれの生涯をぶち壊してしまったと、悔いに苛《さいな》まれたにちがいない」

「厚太郎さんにはそんな気がないのに」

「そういうことだよ。跡を継いだ親父は、おれのために貯《たくわ》えてくれていたのだ。ところがむりやり隠居させられてしまって、毎月隠居手当が出ることになった。これといった趣味もなければ博奕《ばくち》もやらぬ親父にとっちゃ、生きていくにはなんの不自由もない。だから貯えていた金のかなりを、おれに押し付けた」

「そうだったんですか。ちっとも知らなかったものですから」

信吾を安心させるために、そんな話をでっちあげることはしないだろう。それにしても、とんでもない展開になってしまったものだ。

「五、六年ぐらいなら遊んで暮らせるだけの、贅沢《ぜいたく》をしなきゃ十年は楽にすごせる金を、おれは親父に押し付けられたんだ。そんな迷惑なことがあるか、というのは冗談でな。おれはその金は、いざというときのために手を付けずにおくつもりだ。多少の手持ちの金はあるので、これをやりたいということが見付かるまで、しばらくはのんびりすごす気だよ」

「なんとも羨ましい話ではありませんか」

そう言った信吾の言葉には、安堵《あんど》の思いが滲《にじ》み出ていた。厚太郎は不機嫌になりはしたが、それが一時的なものだとわかったからだ。

十年は楽に暮らせるだけの金を持っているのに、信吾に同情されたと思ったのだろう。父の吉次郎が、美弥古屋のあるじの地位を賢太郎にもどして隠居させられた。もともと京に馴染《なじ》めなかった厚太郎は、身一つで江戸にやって来たと信吾は受け止めた。だから生活の心配をしたことが、深く厚太郎の自尊心を傷付けてしまったのである。

しかし事情を話したことで、厚太郎の不機嫌さは払拭されたのだろう。それがわかったのだから、これからは普通に付きあえるはずだ。そう思いつつも、信吾はなぜか違和感を覚えずにはいられなかった。

そのとき金龍山浅草寺弁天山の時の鐘が、夕刻の七ツを告げた。

「七ツの鐘が鳴りましたね。厚太郎さんがお見えになられたのが八ツすぎでしたから、まだ一刻（約二時間）になるかならぬかというのに、ずっと驚かされっぱなしですよ」

七五三をあやしながら部屋を出た波乃は、うっかり襖を閉め忘れていた。だから畳の上を摺《す》り足《あし》で近付くのがわかった。

「珍しくむずかっていましたけど、やっと眠ってくれました」と言いながら、波乃が八畳間に入って来た。「日が暮れてきましたね。そろそろお酒にしましょうか」

「ああ、そうしてもらおうか」

信吾がそう言うと、波乃は厚太郎に訊いた。

「いっしょにお食事してくださるのでしょう。すぐ準備しますので」

「せっかくですが、そうもいかんのですよ。このあと約束がありましてね」

「あら、残念ですわ。まだまだ楽しいお話を、たくさんお聞きしたいですのに」

「今日は挨拶だけのつもりでしたので。これからは、ちょくちょく寄せてもらいますから」

となると、むりに引き止めないほうがいいのはわかっている。

「厚太郎さんは、今はどちらに」

「通旅籠町《とおりはたごちょう》だが、取り敢えず宿を取っただけなので、落ち着いたら報せるよ」

「わかりました」

通旅籠町は日本橋本町《にほんばしほんちょう》から両国広小路に抜ける通りの、ちょうど中ほどにあって、名前のとおり旅人のための宿が櫛比《しっぴ》している。落ち着けば報せるとのことなので、信吾は宿の名を訊かずにおいた。

「蔵前通りまで送ってくるよ」

波乃にそう言ってから信吾も立ちあがった。「ここか将棋会所のどちらかにいます。将棋の対局を挑まれるとか、相談客が来ることもありますので、待っていただくことはあるかもしれませんが」

沓脱石から座敷にあがったので、庭に出ることになる。厚太郎は雪駄だが、地元の人が蔵前通りと呼ぶ日光《にっこう》街道までなので、信吾は下駄で行くことにした。

家を出て西に向かう。

「二人だけのほうがよければ日を改めて」

「いや、それには及ばんよ」

日光街道に出ると、信吾は「なるべく早くお会いしたいですね」と言って、厚太郎と別れた。北に道を取るか南に向かうか、それには頓着しなかった。通旅籠町であれば南に向かうに決まっているが、それよりも意味を持つのは、厚太郎がいつやってくるかだ。おそらくそんなことはないはずだが、二度と姿を見せないことも考えられぬことではないのである。

五

夕食を終え、番犬の餌を入れた皿を持って常吉が将棋会所にもどると、茶を飲みながら波乃が言った。

「厚太郎さんですけどね」

相談客ではないが、厚太郎は信吾の古い知人であり、京都から来たばかりであった。本店と江戸店のちがいとか、奉公人に関しての新しい知識などもあって、波乃はあれこれ考えさせられ、気に掛かってならないらしい。

ところが言い掛けたままで止まって、先に進まなかった。

「なにか感じたか、気付いたことがあるようだね」

「いいえ、ずっとあの場にいた訳じゃないこともあるでしょうけど、なんだかよくわからなくて」

信吾は思い出しながら、波乃がいないときに厚太郎が話したことを、将棋会所での遣り取りも含めて話して聞かせた。

「初対面の波乃には、摑《つか》みどころのない人だっただろうな」

「信吾さんは古いお知りあいだから、よくおわかりなんでしょう」

「だといいのだが、わたしが八歳のときに江戸を出た厚太郎さんとは、十五年振りに会ったのだから、波乃とほとんど変わらないと言ってもいいんじゃないかな。あれこれ話はしたけれど、しっくりこないこともあるし、わかるところとわからないところがあってね」

「例えばどのような」

「浅草にもどって当時の知りあい何人かに会ったそうだけど、憶えている者がほとんどいなくて、厚太郎さんが名乗ってようやく思い出す始末だと言っていた。知ってはいてもそれほど親しくはなかったのか、会いに来た理由がわかった相手が、疎遠な振りをしたのかもしれない。そういう人に、なぜ会わなければならなかったのだろう」

「たしかに変ですね」

「京都を出るとき親父さんに大金を渡されたと言ったけれど、厚太郎さんの話の感じからすると何百両、もしかすると千両を超えていたかもしれない。だがどことなく変だという気がする。疑いたくはないが、話の流れであのように言わざるを得なかったのかもしれない、と言う気がしないでもないんだ」

「厚太郎さんが嘘を吐《つ》いた、ということでしょうか」

「何人かの知りあいに会ったと言ったけれど、仕事を世話してもらうつもりだったとか、考えたくはないけど、金を借りようとしたのかもしれないだろ」

「だけど」

そこで口を噤《つぐ》んだのは、父親からもらった大金があればと思ったからだろう。だが話の流れであのように言ってしまったのかもしれない、というのが信吾の考えである。

「思うようにならなかったから、信吾さんを頼ってということでしょうか」

「相談屋的な考え方かもしれないけれど、ないとは言えないね。とすればわたしは、期待に添えなかったことになるな」

相談屋という言葉が出たからかもしれないが、波乃はあれこれと思いを巡らせたふうである。

「次に厚太郎さんがお見えのとき、仕事とかお金のことで相談されたら、どうなさるのですか」

「できるかぎりのことは、してあげたいと思っている」

信吾は自分がいじめられたとき厚太郎に庇ってもらったことで、とてもおおきな恩義を感じていることを話した。

波乃は口をすぼめるようにしたが、なにも言わなかった。あるいはそのようにして、言いたいことを閉じこめたのかもしれなかった。

「ほかにもいろいろありそうですね、なんとなく納得のいかないことが」

「引っ掛かることで一番おおきいのが、江戸店を引き払って家族で京都に移ったことなんだ。京で全員を雇えないのがわかっていながら、奉公人も連れて行っただろ」

「江戸に来てる上方の奉公人は、ほとんど周りの人との交わりがないと、厚太郎さんは言っていましたね」

「宮古屋がなくなれば自分の居場所がないし、江戸にはいたくなかっただろうな。ただ、見世を畳むことはなかったと思うんだ」

「でも吉次郎さんは、とてもむりだと思われたのでしょう」

「番頭があとを任せられるほど力を付けていなかったからだと厚太郎さんは言ったけれど、それまでの取り引きもあるのだから、多少売り上げが落ちはしても、番頭と手代、それに小僧だけでも、何年かであれば持ち堪えられると思うんだ」

なぜなら蠟燭のような生活用品は、よほどのことがないかぎり、求める見世を変えたりはしない。新しい客を得ようと、儲けを度外視して安売りをする見世が現れれば、こちらもおなじ手で対抗すればいい。相手にしても、むりはいつまでも続けられるものではないからだ。

それに浅草とその近辺にはやたらと寺が多いし、日光街道の西で神田川《かんだがわ》の北、とりわけ三味線堀の周囲には大名屋敷が数多く配されている。庶民の特に長屋住まいの者にとっては蠟燭はたいへんな贅沢品だが、寺社や武家屋敷、そして大店の商家での需要は多かった。

だから番頭が力不足だからと言って、急激に売れ行きが落ち、経営が立ちゆかなくなるとは思えないのである。吉次郎にそれがわからないはずはない、というのが信吾の判断であった。

信吾の言うことはもっともだと思ったようだが、波乃は波乃なりに懸命に考えたらしい。

「だけどむりやり隠居させられるまで、吉次郎さんは十五年ものあいだ京都で頑張ったのでしょう」

「ふしぎでならないのは、そこなんだけど」

「吉次郎さんは背水の陣を敷いたのではないかしら。厚太郎さんはあとで知ったそうですけど、お父さまは言葉は悪いですが、本店を乗っ取って跡を厚太郎さんに継がせる気でいたのですよね。失敗したら再起不能という立場に、ご自分を置かれたという気がするの。そのくらいの覚悟でなければ、とても成し遂げられないと」

「そこが商人らしくない」

思ってもいなかったらしく、波乃は首を傾《かし》げた。

「一か八かということがですか」

「考えてもご覧。賢太郎さんという跡継ぎが、その背後には母親や親族が控えているんだよ。一方の吉次郎さんは、一度は江戸に出てしまった人間だ。本店と出店だから関係は密だっただろうけど、もし問題が起きてどちらかをとなると、吉次郎さんの立場は極端に弱い」

「信吾さんのおっしゃるとおりだわ。結果としてそうなってしまいましたもの。奉公人すら味方に付けられなかったからだと、厚太郎さんはおっしゃったけど」

「まともな商人に、それがわからぬはずがないんだ。商人はなにかをやろうとするとき、もちろん全力は尽くすけれど、失敗したときとまでは言わなくても、うまくいかなかったときにはどうするか、つまり次善の策は講じているはずだからね」

　信吾の言うことが腑《ふ》に落ちるのだろう、波乃はおおきくうなずいた。

「それをしていませんでしたね、吉次郎さんは」

「絶対に有り得ないとは言わないけれど、どう考えたって、有能な商人のすることとは思えない。江戸に出て長年店を続けてこられたのは、吉次郎さんが有能なればこそだ。だから本店の危機に際して、白羽の矢が立てられたんだからね」

「江戸に出ると言ったとき、厚太郎さんは相当なお金を吉次郎さんから受け取ったとおっしゃっていました。跡を継いだ厚太郎さんがなにかをやろうとしたときのために、取っておいた資金だったのかもしれません。たしかにそれだけ先々のことを読んでいる人が、一か八かで江戸を引き払うとは、とても考えられないわ」

「仲の良かった照次の兄さんを疑うのはよくないけれど、厚太郎さんが吉次郎さんに押し付けられたという大金も、全面的に信じていいものかどうか」

「子の幸せをとことん考える親の思いはすごいって、あたし感動してたんだけど、なんだかできすぎた話に思えてきました」

「わたしがつい裏を読もうとするのは、相談屋を続けてきたせいかな」

「あら、そんなふうに考えるのはよくないですよ。相談屋はお客さんの悩みをなくすために、持っている力を出し切るのですもの。深読みや裏読みをすることはありますけど、人の不幸を取り除く、人を幸せにするためなんですから」

「負うた子に教えられて浅瀬を渡るって言うけど、まさにそのとおりになってしまった」

「あたしは背負われた子供ではなくて、信吾さんの奥さんのつもりですけど。ちがったかしら」と冗談を言って、波乃はすぐ本題にもどった。「厚太郎さん、本当はお困りなのかしら」

「大金を受け取ったと言うのも、気になると言えば気になる」

「なんだか、すっきりしないおっしゃりようですね」

「事実であってもなんのふしぎはない。わたしと話していて引っこみがつかなくなり、つい見栄《みえ》を張ってしまったとしても、なんのふしぎはない。まったくの作り話だとしても」

「なんのふしぎはない、ですか」

「困り切って江戸に来て何人かの知りあいに会ったけど、断られたかやんわりと躱されて、仕方なく信吾んとこにでも行ってみるかと思ったのかもしれない」

「お話を聞けば聞くほどこんがらがって、訳がわからなくなってしまいました」

「深刻に考えるのはやめよう。おかしな点はあれこれ挙げられるけど、あくまでもこちらの想像でしかないからね。それに吉次郎さんにしても、できるかぎりの手は打ったけれど、どうにもならなかったのかもしれない。本店の奉公人にも早くから働き掛けたけれど、あちらの守りが堅かったのだろうな」

「どういうことですか」

「吉次郎さんが本店の奉公人を味方に付けようとするのは見え見えだから、本店側、つまり賢太郎さんの母親や番頭がそれを見越して、早くから奉公人を懐柔していたとか」

「厚太郎さんがお見えになったら、うまく訊き出せるかもしれませんけど」

「いつ来るかわからないし、場合によっては来ないかもしれないよ」

その思いは、いとも簡単に覆《くつがえ》されてしまったのである。

六

「おう、信吾。ちょっくら待ってくれ」

朝の五ツまえであった。背後から声を掛けられたのは、将棋会所に顔を出すため、沓脱石の日和下駄を突っ掛けて、柴折戸に向かおうとしたときである。

まさかと思いながら信吾は振り返った。

「厚太郎さんじゃありませんか。こんな早い時刻に、一体どうなさったのですか」

「いや、このまえ別れるとき、信吾がなるべく早く会いたいと言ったんで、都合を訊きに寄ったんだがな。善は急げってから」

このまえと言っても前日の夕方の七ツだから、半日あまりしか経っていない。一体どういうことなんだと言いたくなる。なるべく早く会いたいとたしかに言ったが、いくらなんでも早すぎるのではないだろうか。

「おはようございます。厚太郎さん」

洗濯でもしていたらしく、波乃が前垂れで両手を拭きながら八畳の表座敷に姿を見せた。厚太郎の声だとわかったので、急ぎ出て来たのだろう。

「ああ、波乃さん。二人が揃っていれば都合がいい」

「ともかくおあがりくださいな」

「いや、そうもいかないんだ。用の途中で寄せてもらったので、すぐ失礼しなきゃならんのですよ」

「お忙しいのですね」

「このまえ、あッ、昨日だったか。ははは、なんだ昨日だったんだ」と言ってから、厚太郎は真顔にもどった。「お二人の都合をたしかめもせず、突然押し掛けて迷惑を掛けてしまったからね。そのお詫びに、いっしょに食事でもしてもらおうと」

信吾と波乃は思わず顔を見あわせたが、まるで訳がわからなかった。

「そう言われても、詫びられる理由なんかありませんよ。迷惑だなんて、これぽっちも思っていません」

「そうですよ。楽しいお話を聞かせていただきましたし」

「お二人にはわからないだろうから、食事の席でそれを話します。押し掛けて迷惑をというのは実は口実で、本当にお詫びしなきゃならんことは、そんな生易しいものではないんだよ。えッ、そんなひどいことをと呆れられ、腸《はらわた》が煮えくり返るほど怒り心頭に発して」

「随分と大袈裟《おおげさ》ですが、まるで、本当に、まるっきり、心当たりがないのですよ」

信吾は厚太郎に負けぬほど大袈裟な言い方をして、思わず笑ってしまった。

「祝い事なら多少延びてもかまわないが、詫び言は一日《いちんち》でも一刻でも早くと言うからね。今日は都合が悪くて駄目なんだが、明日以降ならいつでも時間を作るので、なんとかしてもらいたいな」

そういうことであれば早いほうがいいだろう。頭の中の暦を素早く繰りながら、信吾と波乃は目顔で遣り取りしてうなずいた。

「だったら明日にしていただければ」

「ありがたい。それと話が長くなるだろうから、ちょっと早いかもしれんが七ツ半（五時）で願いたいんだが」

「わかりました。でしたら伺いますが、どちらに」

「実は食事のまえに、ちょっと見てもらいたいものがあるのでな、おれがここへ迎えに来るよ」

「あの」と波乃が、ちいさな蒲団に寝かされた七五三に目を遣ってから訊いた。「赤ん坊はどうしましょう。寝かせたままにしておく訳にも、いきませんので」

「連れて来てもらってかまいませんよ。信吾は大酒をかっ喰らうかもしれんが、おれは静かな酒だから、座蒲団にでも寝かしておけばいいでしょう。泣き喚いたりしないと言っていましたよね、しめちゃんは」

食事の席と言っただけで、厚太郎はどことも言わなかった。場合によっては七五三は、阿部川町の波乃の姉に預かってもらうこともできなくはない。しかし座蒲団にでも寝かせておけばいいと言ったからには、厚太郎にそれなりの腹づもりがあるのだろう。

「ほんじゃ明日の七ツ半だから、頼んだよ」

言い残すと、厚太郎はあわただしく姿を消した。

二人には厚太郎がなにを思い、なにを詫びたくて食事に呼ぶのか見当も付かなかった。わかったのは明日の夕刻七ツ半に、厚太郎が二人を迎えに来ることと、赤ん坊連れでいいこと、食事のまえに見せたいものがあるということだけであった。

「どういうことなのかしら」

「そんなこと考えたって意味がないな。厚太郎さんはあれこれ言ったけれど、なにを、なぜ詫びるのかには、触れなかったからね。訊いたって、明日話すよ、と言われるに決まっているさ」

「迎えに来てくださるのを、待つしかないのですね」

「常吉には飯代として、小遣いを多めにやっておけば大丈夫だ。それから出るまえに、カア助に餌をやるのを忘れないようにしないとな」

カア助は事情があって将棋会所の客から引き取り、世話するようになった怪我《けが》を負っていた烏《からす》である。そのとき母屋の西側に差し掛けた鳥小屋で、カア助が一声だけ啼《な》いた。

「自分の名が出たので、話題になってるのがわかったのね。だけど常吉をカア助といっしょにしちゃ、いくらなんでも可哀想ですよ」

「常吉がかい、カア助がかい」

「そんなひどいこと、冗談だとしてもおっしゃるものではありません」

カア助がもう一声啼いた。

「あーッ」

信吾が烏の啼き声のような叫びを挙げたので、波乃は笑わそうと思ったのだと感じたらしく、いい加減になさいという目になった。

「変だ変だと思いながら、厚太郎さんがあわただしく喋って帰ったんで、なにが変かに気付かなかったんだけど、今ごろになってやっとわかったよ。江戸言葉だったんだ」

そこで打ち切って、信吾はじっと波乃の目を見た。長々と見続けていると、波乃の目が激しく動いた。

「江戸言葉ですね。江戸言葉だわ。あたしもなんか変だとは感じていたんだけど、信吾さんに言われるまで、まるで気が付きませんでした」

「昨日と今日、たった一日で言葉遣いが、あんなに急に変わるはずがない」

昨日の厚太郎の江戸言葉はなんとも柔らかで、のんびりと間が抜けて聞こえたのだ。そのため久し振りに会った信吾に、なんとか江戸言葉で喋ろうとしているからだと思ったのである。

そうではなかったのだ。厚太郎がちゃんとした江戸言葉を喋れるのは、先ほどの最初の声掛けでわかるではないか。「おう、信吾。ちょっくら待ってくれ」は、江戸言葉の喋り方である。そのあとも完璧と言っていい江戸弁であった。

とすると昨日のあれは、一体なんだったというのか。京都訛りというのも変だが、間延びした江戸言葉を使わなければならないとなると、それなりの理由があったはずである。

「それもお詫びの中に含まれているのかな。そうとしか考えられないけれど」

となると食事のまえに見せたいものがあると言ったのも、なんとも意味ありげではないか。「そんなひどいことをと呆れられ、腸が煮えくり返るほど怒り心頭に発して」とも、厚太郎は言った。昨日の遣り取りの中には、それほど激しいと言うか、ひどいことを引き起こす要素が含まれていたとは思えない。

「暢気《のんき》に構えていたけど、明日はたいへんなことになるかもしれないよ」

「脅かさないでください」

「昨日のことを考えてご覧よ。十五年振りに、はるばると、京都からやって来た、昔の馴染みに、振り廻され通し、だったじゃないか」

「一つ一つ区切らずに言ってくださいよ。なんだかとても意味がありそうに思えるから」

「意味があるように、わたしには段々と思えてきたんだよ」

波乃の表情は少し蔭ってしばらくそのままだったが、たちまち刷毛《はけ》で拭いでもしたように明るくなった。

「気にするほどのことはないと思いますよ。だからお食事をしながら、どんな話が聞けるかを楽しみにしてましょう」

楽天的なところが波乃のいいところで強みでもあるが、今回はあまりにも無防備すぎないか、という気がしないでもない。

「だって厚太郎さんは、お詫びしたいから食事をいっしょにとおっしゃったんでしょう。詫びるというのは、厚太郎さんに負い目があるからであって、こちらが悪い訳ではありませんからね」

「波乃の言うことはわからないではないけれど、良《い》いにつけ悪いにつけ、とんでもない話が持ち出されそうな気がするな」

「あたしもそう思います。だけどなにも聞いていないのに、あれこれ悩んでいてもしょうがないわ。こうなれば、明日を楽しみに待とうではありませんか」

そのとき大黒柱の鈴が二度、繰り返して鳴った。将棋会所に対局希望者が来たという、常吉からの合図であった。

七

信吾と波乃は早めに支度して、厚太郎を待っていた。行く場所も状況もまるでわからないので、七五三の襁褓や涎掛《よだれか》け、懐紙やチリ紙、それに手拭いの用意も忘れず、まとめて袋に入れておいた。どのくらい歩くか見当も付かないため、波乃にはきついだろうから信吾が七五三を抱いて行くことにした。

七ツ半と指定した厚太郎は、時刻よりも四半刻（約三〇分）も早くやって来た。七ツ半から食事の予定だが、そのまえに見てもらいたいものがあると言っていたからだろう。厚太郎は来たときなにも持っていなかったが、となるとそれがある所まで移動するということである。

「では参りましょう」

そう告げて黒船町の借家を出ると、厚太郎は西に道を取った。それっきりひと言も話さないので、信吾も訊くことはしない。いいから黙って付いて来るように、と言われるのがわかっていたからだ。

すぐに日光街道に突き当たるが、厚太郎は右手、つまり北に折れた。木戸をすぎると諏訪町《すわちよう》で、諏訪社を左に見ながら駒形町《こまがたちよう》との境の木戸を越えた。四ツ（十時）になるまで、各町の木戸は開けられている。

厚太郎が浅草清水稲荷《しみずいなり》屋敷の次の通りを左、つまり西に進んだので、信吾は「おやッ」と思わざるを得なかった。なぜならその先には、七つの区画にわかれた三間町があるからだ。

三間町は厚太郎と照次兄弟の生まれ育った宮古屋があった町だが、かつての見世のまえを通りたいという感傷だとすれば、あまりにも厚太郎らしくない。前日の印象からして、そう思わずにはいられなかったのである。

信吾は相談屋と将棋会所をやっているので、用がないかぎり浅草の街を歩かなくなった。

両親が料理屋を営む東仲町の宮戸屋、波乃の実家である阿部川町の楽器商「春秋堂」、猿曳《さるひ》きの誠と猿の三吉のいる猿屋町《さるやちょう》代地、あとは巌哲和尚の寺か、竹輪の友の家に行くくらいだ。鶴吉の住む茶屋町《ちゃやまち》、寿三郎の福富町《ふくとみちょう》、完太の森田町《もりたちょう》である。

三間町では藍染めの暖簾《のれん》が掛けられた呑み屋「美馬《みま》」に、何度か行ったことがあった。相談客と会うためだが、解決してからは行っていない。

次の角を曲がった厚太郎は、ある商家の建物の軒を示した。信吾は「あッ」とちいさな叫びを洩《も》らしてしまった。なぜならそこには、宮古屋の看板が掲げられていたからである。

三間町は東仲町と西仲町のすぐ南にあるが、信吾は宮戸屋に行くには蔵前通りか大川《おおかわ》沿いの道を通るので、三間町を抜けて行くことはなかった。もし通ったとしても、暖簾が掛けられ置き看板が据えられていたら気付くかもしれないが、軒看板だけだと素通りしてしまうだろう。

それだけに衝撃であった。

「すると、厚太郎さん。宮古屋を再興されたのですか」

「黙っていてすまなんだが」

「黙っていたからって、わたしに謝ることはないではありませんか。こんな楽しい嘘に腹を立てるほど、わたしは狭量な人間ではありませんよ」

信吾は控え目な言い方をしたが、厚太郎は意外としか思えない反応を示した。

「当たりまえだ。それに黙ってはいたが、嘘を吐いた訳ではないからな。打ち明けなかっただけだ。それにこんな些細《ささい》なことに腹を立てていたら、このあといかにおだやかな信吾であっても、怒髪天を衝《つ》くってことになりかねない」

信吾にすれば決して些細なこととは思えないが、そう言われてしまえば返す言葉がない。なんだか翻弄されっぱなしだが、ますます先が見通せなくなってしまった。

「些細なことですか、これが」と、もう一度看板を見あげてから信吾は言った。「宮古屋のことも含め、お食事をいただきながら、たっぷりと聞かせていただけるのですね」

「さすが相談屋さんだけのことはある」

これ以上に痛烈な皮肉はない。

言うなり厚太郎は先に立って歩き始めたが、信吾の胸のざわつきはさらに強さを増した。なぜなら厚太郎が北に道を取ったからで、宮戸屋に向かっている可能性が一気に高まったからだ。

信吾は思わず波乃を見てしまったが、暮合《くれあい》の薄暗さの中でその目は輝いていた。なにが起きるのだろうと、心をときめかせているのだ。信吾の思いなど頓着せず、これからどんなおもしろいことが起きるのだろうと、期待に胸をふくらませているのである。

それでこそわが女房。女房大明神、波乃大明神ではないか。

波乃の目の輝きを見たことで心は急激に鎮まった。ところがそれが一時的なものだったと、信吾は思い知らされた。

予想どおり厚太郎は宮戸屋の暖簾を潜《くぐ》ったが、現れた女将《おかみ》つまり信吾の母の繁が、思ってもいないことを言った。

「ようこそいらっしゃいました、厚太郎さん。お連れさまがお待ちかねですよ」

そう言って繁、いや女将は信吾と波乃に笑い掛け、孫娘の七五三を見てなんともうれしそうな顔をしたのである。

信吾は衝撃を受けずにいられなかった。宮古屋さんでなく厚太郎さんと名で呼んだのは、普通の客よりずっと親しいことを意味する。ところが厚太郎は、京都から江戸にもどったばかりであった。信吾が親しくしていた照次の兄であるとしても、馴れ馴れしすぎないだろうか。

それよりも、信吾を驚かせ戸惑わせたのは、その次に言ったことであった。厚太郎が飲食をともにするのは、信吾と波乃だけではなかったのである。そんなことはひと言も言われていなかったのだから、憮然《ぶぜん》とならざるを得なかった。詫びて謝る気があるなら、まずそこから始めるべきではないのか。

「二階奥の六畳に案内いたします」

女将が客、つまり厚太郎、そして信吾と波乃に告げた。少人数でじっくりと語りたい客のための小部屋だということは、先に来ている客は一人かせいぜい二人ということになる。

とんとんとんと軽い足音を立てながら女将が階段を上り、厚太郎、そして波乃が続いた。最後尾を七五三を抱いた信吾が、重い足取りで歩を進める。

「お連れさまがお見えでございます」

女将が声を掛けて襖を開けたが、信吾は信じられないもの、いや人を見てしまったのである。

「信吾。会いたかったよ」

「照次」

なんとか咽喉《のど》の奥から声を押し出してから、信吾は厚太郎を睨《にら》み付けた。

「なんてことを」

十八歳で儚くなったと厚太郎に言われ、哀しみの涙を流した幼き日の親友、照次が目のまえで笑っていたのである。

「実は生き返ってな」と言ってから、厚太郎は言い直した。「というのが嘘だってことは、言わなくてもわかるだろう」

詫びるどころかおもしろがっているのがわかり、信吾は全身から力が抜けるような気がした。

「どうかお入りになって、お話を楽しんでくださいな。すぐにご酒《しゅ》を、それに料理をお持ちしますので」

女将にうながされて六畳間に入ると、四人分の座蒲団が敷かれていたので、座を占めることになった。厚太郎が照次の横に坐りながら、信吾には照次のまえの席を、波乃にはその横を示した。

厚太郎が顔のまえで両掌《りょうて》をあわせて信吾を拝むと、おなじように照次も兄を真似《まね》た。

「やめてください。わたしはお地蔵さんじゃありませんから」と、信吾は厚太郎と照次に言った。「それに少しも怒っちゃいません。嘘はいけないけれど、今回のような嘘は大歓迎です。死んだはずの照次に会えるなんて、思いもしなかったからね。ただ、ここに至るまでのことは、納得できるように話してもらわなければ、このままではすみませんよ」

「当然だよ。そのために設けた、お詫びの席なんだからな」

「兄さん、それじゃ威張っていて、まるで詫びてるようには聞こえませんよ」

「それをこれから話すんじゃないか。さて、どこから話せばわかってもらえるかだが」

八

「ちょっと失礼しますよ」

声とともに襖が開けられたので、厚太郎は話を先延ばししなければならなくなった。

姿を見せたのは大女将、つまり信吾の祖母の咲江である。

「みなさまようこそおいでなさいました」と頭をさげてから、咲江は信吾に言った。

「赤さんはわたしが預かりましょう。大事なお話の席だというのに、突然泣き出されたりしては邪魔になりますからね」

「祖母《おばあ》さま」と、波乃が困惑気味に言った。「この子でしたら、泣いたりむずかったりしませんから大丈夫です。少しおおきめの座蒲団を貸していただければ、寝かせておきますから」

「赤さんは普段とちがっていれば不安になるの。いつもの自分の蒲団とはちがうし、両《ふた》親《おや》だけでなく見慣れないお顔の、聞き慣れないお声の人がいるのだから、落ち着かなくなりますからね。だからこちらにお渡しなさい。こういうことでは、黙って年寄りの言うことを聞くものですよ」

「それより大女将はお忙しいでしょうから、どうかお気遣いのなきように」と、信吾は祖母に言った。「それに母親が付いていますので、ご心配いただかなくても」

「最近は若女将がよくやってくれるので、あたしゃすっかり楽になりましてね。赤さんの相手をする時間がたっぷり取れますから、そんなふうに気を遣わなくてもいいの」

なんのことはない。それらしい理由を付けて曾孫《ひまご》を抱きたいだけなのだ。黒船町の借家に来たときはわずかな時間だが、今日はうまくいけば一刻ばかり抱いていられるだろう。

「若女将は恵美さんと言って、正吾の嫁さんなんですよ」

信吾が厚太郎と照次に説明しているあいだに、咲江は七五三を抱き取っていた。そしてお辞儀をすると、素早く部屋を出たのである。波乃は諦めたように、咲江のうしろ姿を見送った。

「正吾って、たしか信吾の弟だったよな」と、照次が言った。「へえ、あの坊やがもう、お嫁さんをもらう齢《とし》になったのか」

「お待たせいたしました」

襖を開けて話題になったばかりの若女将が、飲み物と先付《さきづけ》を載せた盆を持って仲居といっしょに現れた。男たちのまえに盃《さかずき》と銚子《ちょうし》を、波乃の膝まえには湯呑茶碗を置いた。

「大女将が、よくやってくれるので楽ができると言っていた、若女将の恵美さんです」

「不束者《ふつつかもの》ですが、どうかよろしくお願いいたします」

「恵美さん、じゃなかった若女将。わたしの幼馴染《おさななじみ》で宮古屋の照次さんと、お兄さんの厚太郎さんです」

それぞれが挨拶を交わし、若女将と仲居は「程なく料理をお持ちします」と言って部屋を辞した。

「宮戸屋さん自慢の会席料理は予約制ってことなので、即席料理をお任せで頼んでおいたんだが」

「わたしも波乃も、特に好き嫌いはありませんから」

軽くうなずいて厚太郎は続けた。

「さあ話すぞというときに、大女将に出鼻を挫《くじ》かれてしまったよ。あれこれあったから、筋道立てて信吾に話そうとしていたことが、ぐしゃぐしゃになってしまった。だから信吾に訊いてもらったほうが話しやすい、というより信吾が知りたいことに答えていったほうがよさそうだな」

「だったら、なんてったって照次のことですよ。京の水にあわないがなんとか頑張っていたけれど、十八の齢に儚くなったと厚太郎さんに言われた。そのご本人が目のまえでうれしそうに笑っている。その辺りから、言い訳をしていただきやしょうかね」

信吾らしからぬ喋り方がおかしかったからだろう、照次がちいさく噴いた。

「そのことだが」

弁明しようとした厚太郎を抑えて、照次が信吾に言った。

「それは兄貴じゃなくて、おれが持ち出した話なんだよ、信吾をとことん驚かし、笑わしてやろうじゃないかって」

言葉にならない。信吾はぽかんと口を開けて、ただ照次を見るしかできなかった。

「驚かし」はともかくとして、「笑わしてやろう」とは一体どういうことなのだ。

「信吾とは手紙の遣り取りをしていたけれど、あるときプッツリと途絶えただろう」

「ああ、どうしたんだろうってひどく心配した。おれからの手紙は届いているはずなのに、親父さんからも厚太郎さんからも、連絡がなかったからな。ところが厚太郎さんに照次は十八で亡くなったと言われて」

「兄貴に聞いたけれど、泣いてくれたんだってな」

「当たりまえだろう。幼いときに一番仲の良かった友達が、死んだと言われたからな。胸におおきな穴が開いたような気がしたさ」

「驚いたのか」

「驚かずにいられる訳がないだろう。しかもたった今、生きて笑っている照次を見て、おなじくらい驚いた。死んだ男がこの世にいる訳がないものな。しかもうれしそうに笑ってるじゃないか」

「うれしいから笑ったに決まってるだろう。信吾はうれしくなかったのか」

「うれしかったさ。嘘を吐き通されていたとわかってひどく腹が立ったし、見抜けなかった自分にがっくりも来た。だけど照次が生きていたんだからな。そのうれしかったこと言ったら、なにに較《くら》べることもできんよ」

「信吾が喜んでくれて、これほどうれしいことはないね。その笑い方は、信吾が愉快でたまらんてときの笑いだもんな。すると信吾は、死んだと知らされて驚き、生きてるのを知って驚き、倍の驚きを味わったってことになるんじゃないのか」

「二つが重なったんだから、倍どころか三倍の驚きになったさ」

信吾と照次のはしゃぎように、波乃は驚くというより呆れてしまったようだ。

「だから兄貴、おれが言ったとおりだろう」と、照次は厚太郎に得意気に言った。「ともかく悪戯《いたずら》ごとが好きでたまんない信吾には、並の仕掛けじゃ駄目なんだよ。ここまで徹底してやらなきゃね」

「おい、ちょっと待ってくれよ。悪戯ごとが好きでたまんない信吾って、一体なにが言いたいんだ」

「それについてはちゃんと話すさ。ところで信吾がおなじくらい奇妙というか、どうも変だなと思ったことは、ほかにもあるんじゃないのか」

はぐらかされた気がしてムッとなったが、それより訊きたい気持の方が強かった。

「親父さん、吉次郎さんが江戸店を引き払って京都に移ったことが、どう考えても商人らしくないので、信じられなかったな。いや未《いま》だに信じられない。引き払うなんて有り得ないもの」

「やはり信吾も変だと思ったか」

厚太郎が驚き顔になったので、信吾は自分が奇妙に思った理由を羅列した。波乃には一昨日《おととい》の夜話したばかりだが、改めて真剣に聞いているのがわかった。

若女将の恵美と仲居が料理を運んで来たが、話に夢中になっているので料理の説明はせず、黙ってそれぞれの膳に並べると頭をさげて辞した。

うなずいたり口を窄《つぼ》めたりして聞いていた厚太郎が、感心したように言った。

「さすがに江戸で相談屋を張っているだけあって信吾は鋭い。おれと照次も思いはおなじでな」

「おい、待てよ。となると吉次郎さんは、本気で本店を乗っ取ろうと思っていたのか」

「信吾もそうだろうが、おれと照次だってそれを知ったときには、まさかと思うしかなかった。だれが考えたって、できる訳がないもんな」

「それなのに親父さんは、敢えてやったということなのか。厚太郎さんも照次も、なぜ反対しなかったのだ。できる訳がないことがわかっていながら」

「知っていたら反対したさ」

照次の悔しそうな言葉に、厚太郎は何度もうなずいてから言った。

「おれたちが知ったのは、親父がむりやり隠居させられた年だったから」

「すると一昨年《おととし》ということだな」

「いや、もう」と、照次は指折り数えてから言った。「五年になるよ」

「おい、ちょっと待ってくれよ」

信吾は一瞬、記憶ちがいなのかと混乱してしまった。厚太郎から聞いたことと年数があわなかったからだ。懸命に記憶を辿《たど》ってから、厚太郎に慎重に訊いた。

「本店の跡取りの賢太郎さんは、今年二十七歳じゃなかったっけ」

「そうだよ。おれより二つ年上だからな」

「吉次郎さん、つまり二人の親父さんは、賢太郎さんが十二歳のときに後見役になった。まちがいないですね、厚太郎さん」

言われた厚太郎は、妙な笑いを浮かべながら「ああ」と答えた。

「賢太郎さんが二十歳になったので母親が、あるじの座を賢太郎さんに譲って隠居するよう、吉次郎さんに仄《ほの》めかした。しかしなにかと理由を作って応じなかった」

信吾がじっと目を見ると厚太郎はうなずいた。となるとそこまではまちがっていないということだ。

「吉次郎さんは、賢太郎さんが二十五歳になっても座を明け渡そうとしなかった。業を煮やした母親は親族のまえで、隠居手当を出すのを条件に、強引に隠居させてしまったということでしたね」

厚太郎は返辞もしなければうなずきもせず、弟の照次をじっと見た。返辞をしないのは、嘘を吐いたのを認めたも同然である。なにか、よほどの事情がありそうだ。

「だからむりがあると言っただろうが」と、厚太郎が照次に苦笑して見せた。「両方ともうまくいかそうなんて、どう考えたって成功する訳がないんだよ。信吾を徹底的に騙《だま》した上で、大笑いさせよう。それがうまくいけば新生宮古屋にとって幸先《さいさき》いいってことだから、なんとしても成功させようぜ。照次がそう言い張るもんだから渋々乗ったけれど、案の定じゃないか」

「しかし信吾は驚いたし、腹を立てはしただろうけど、けっこう笑ったぜ。だったらおれのねらいは、成功したと言っていいんじゃないのか。だから新しい宮古屋は、かならずうまくいくぜ」

「ちょっと待ってくれよ。二人には事情がわかっているんだろうけど、こっちはチンプンカンプンだよ。わかるように話してくれないかな」

「どの辺からだ」

「居直るなよ、照次」と言ってから、信吾は素早く頭を巡らせた。「やはり、親父さんが本店のあるじの座に固執していたところから、かな」

信吾がそう言うと、厚太郎と照次は激しく目顔で遣り取りをした。兄の目がおまえが話せと、弟を説き伏せたようである。照次が言った。

「あとになってあれこれ調べ、本店の奉公人から苦労して訊き出して、やっとこさわかったんだよ」

「吉次郎さん、つまり二人の親父さんと、兄の勝太郎さんのあいだによほどのことがあったということだね」

ここまでくれば、信吾にしても曖昧なままではすませられない。厚太郎を見、照次に目を遣って、それを厚太郎にもどす。仕方ないというふうに厚太郎が言った。

「とんでもない確執があったらしいのだが、奉公人は詳しいことまでは知らない。親父に訊いたが、ことそれに関しては口を噤んでなにも言わないのだ」

それさえわかればいろいろと見えてくるかもしれないが、どうやら訊き出せそうになかった。

「ですがよほどのことがあって、吉次郎さんは江戸に出たということですね」

だから勝太郎が亡くなったとき、吉次郎はなんとしても本店のあるじになろうとしたのか。そこに至る事情がわからないので、もどかしくてならない。

吉次郎が江戸で足場を固めたとき、本店の危機が知らされたのだ。

自分ならどうするだろうと思いはしたものの、簡単に答の出る話ではない。さまざまな要素が絡まっているので、ちょっとしたことで流れは急変しそうな気がする。

「吉次郎さん、つまりお二人の父上には勝算があったのでしょうか」

厚太郎も照次もないと思っているのがわかっていながら、信吾は敢えて訊いてみた。

「なけりゃ、やらんだろう」

照次がそう言うと、厚太郎は首を振った。

「なくても、やるしかなかったんじゃないのかなあ」

九

「そこまではわかりましたので、次に進みたいと思います」

これからが本題との思いで、信吾は厚太郎と照次に真剣な目を向けた。波乃にもそれがわかったのだろう、膝の上に置いた両手に力が籠められたのが感じられた。

「吉次郎さんがむりやり隠居させられたのは、賢太郎さんが二十五歳のときではなかったようですが、すると何歳のときでしたか」

兄弟は顔を見あわせたが、答えたのは兄の厚太郎である。

「二十二歳だった。おれが二十歳で、親父は四十六歳という微妙な年齢でな」

三十代か四十代ならまだしも、そのときから五年が経っているので吉次郎は五十一歳になっている。しかもあるじになろうと家族を引き連れて本店に乗りこんだので、江戸店はとっくの昔に手放していた。

やり直そうにも基盤がなければ後ろ楯もないでは、手の施しようがない。不本意ではあっただろうが、吉次郎は毎月隠居手当を受け取る条件をのんで、手を退くことを承諾した。

信吾は一昨日の厚太郎の話をそっくり繰り返し、厚太郎に確認したのである。

「さすが相談屋だけあって、ちゃんと憶えてるんだな」

苦笑しながら皮肉っぽい言い方をしたが、信吾の視線に笑いは退いた。

「賢太郎さんが二十五歳なら、吉次郎さんは四十九歳ではないですか」

「あれから二年経ったから、親父は今年五十一歳になる」

厚太郎は吉次郎が隠居させられた年として話したのだが、信吾はそれには触れぬことにした。

「吉次郎さんが強引に隠居させられたのが、賢太郎さんが二十二歳の齢だとすると、それから五年が経っています。五年掛けて厚太郎さんと照次は、浅草三間町に宮古屋を再興したということですね」

「ここでもう一つのおおきな嘘について、信吾に謝らんといかんのだ」

「いえ、もう謝っていただかなくてもけっこうですよ。二人がわたしを驚かそうとしただけで、困らせるなど悪意があってのことでないのは、よくわかりましたから。ただその仕掛けが大掛かりなことには、少々どころか呆れ返っていますがね」

「しかし、謝らんと話を進められんのだ」

「それには及びません。見当は付いていますから」

「本当かよ」

「吉次郎さんから大金を渡されたというのが、わたしには考えられないのですが」

顔がおおきく崩れ「ぐしゃり」と音がするほどの笑いになったが、まさかここで厚太郎特有の笑いが出るとは信吾は思いもしていなかった。なんとか笑いを堪えながら厚太郎が訊いた。

「なぜにそう思う」

「京の本店のあるじに納まり、厚太郎さんに跡を継がせる気でしたら、そんなに大金を用意する必要はありません。厚太郎さんがなにかをするときの資金にとおっしゃったが、安定した蠟燭屋さんなら、大金を注《つ》ぎこむほどの冒険をする必要はありませんからね。だから吉次郎さんが隠居させられた年に、細工を加えたのではないですか」

「どういうことだ」

厚太郎がそう言うと同時に、照次がわずかではあるが身を乗り出したので、信吾は自分の想像が的を射ているとの確信を抱いた。

「隠居させられたのは賢太郎さんが二十二歳のときだったのに、二十五歳に変えなければならなかったのは、今年三間町に宮古屋を再興したのを、むりでなかったとわたしに思わせるためです」

「話が飛んだし、えらくこみ入ってるが、一体どういうことなんだ」

「吉次郎さんが隠居に追いこまれて、賢太郎さんがあるじとなりました。ということは厚太郎さんが後継者になれないということです。賢太郎さんや母親が引き止めたとしても、おそらくそれはないでしょうが、お二人は意地でも残りません」

「なるほど、信吾はそう考えたか」

「だからと言って、蠟燭の商いが厭でたまらなくなったかというと、そうとは思えない。それに京都で十五年も頑張ったのですからね。もっとも十歳と八歳でしたから、仕事をしたのは十年前後でしょう。ですが商いの事情はわかっているはずです。材料や生産地、蠟燭造りの職人、流通なんかですね」

「どの商いにも、その商売なりの事情があるからなあ」

波乃がクスリと笑ったが、知らぬ顔で信吾は続けた。

「蠟燭商いのことを、お二人は知り尽くしているのですから」

「知り尽くしているは、いくらなんでも言いすぎだろう」

信吾は厚太郎の言葉を無視した。

「となれば今更べつの仕事を、一から学び直そうとはしないのではないですか。それと、こうなったからには兄弟で力をあわせて、なんとしても江戸店を再興してやろうと思わずにいられないはずです。どんな仕事に就いたかは知りませんが、五年のあいだ働き詰めでなんとか金を用意することができました。だけどそんな苦労は話したくないし、信吾にだけは知られたくない。だから吉次郎さんが隠居を受け容《い》れた年を、変えたのではないですか。わたしが疑わずにすんなり受け容れるようにと、ずらしたんでしょう」

「しかし、そこまでする必要があるのか」

厚太郎は、まるで部外者のような言い方をした。

「一昨年吉次郎さんが隠居させられ、賢太郎さんがあるじになった。だったら京都なんかに居たくないとなったはずです。江戸に出て仕事をしたいが、奉公でなく自分の見世を持ちたいとなるとまとまった金が必要ですね。本店の奉公人、と言っても番頭にはしてもらっていたでしょうが、それだけの金を用意することなどできはしない。だから吉次郎さんが用意していた大金を、厚太郎さんに渡したことにすれば見世を構える資金に使えます。となれば辻褄《つじつま》はあうでしょう」

「おれが一昨日話した内容と、今日照次の顔を見たことだけから、それを導き出したのか」

「大筋ではちがっていないだろうけど、とんでもない思いちがい、思いこみかもしれないからね。いや、待てよ」

信吾は厚太郎と照次、そして波乃を見て何度もうなずき、自信たっぷりに言った。

「思いちがいでもなければ思いこみでもないよ。みんなきれいに繋がったからね。照次がおれをとことん驚かし、笑わしてやろうと厚太郎さんに言ったのは、親父さんが隠居させられた五年まえだった」

厚太郎と照次だけでなく、波乃までもがおおきくうなずいた。

父親吉次郎の乗っ取り計画が頓挫して隠居させられたとき、兄弟はなんとしても宮古屋を復興させようと約束した。そして目標を五年以内と決めたが、それがいかに厳しいかは十分にわかっている。

そのとき照次は閃《ひらめ》きを得た。どうせ江戸に行くなら、冗談好き悪戯好きな信吾を徹底的に驚かし、笑わせてやろうと考えたのである。

五年間ひたすら働いて金を貯《た》めるのはなんとも苦痛であろう。だが成就させた暁には、それを祝して腹の底から笑いたいではないか。

考え抜いて思い付いたのが、照次の死であった。五年後に江戸浅草に宮古屋を再興する。それも三間町、できればかつての宮古屋の跡地に。信吾に見世の再興と照次の死を伝えるのは、厚太郎の役目である。

「そしてなるべく早くわたしに会って、驚く顔を見てみんなで笑おうではないかって。照次は厚太郎さんに、うまくいけば生まれ変わった宮古屋にとって幸先いいことだから、なんとしても成功させようぜ、とかなんとか、そういうことを言ったんでしょう。そのためには最初になにをやったか」

信吾は兄弟ではなく波乃に訊いたが、突然だったのでさすがに答えられない。

「信吾つまりわたしへの手紙を出すのをやめた。死んだ人間が手紙を書く訳がないからね。もっとも照次ならやりかねないけど。ここまで大掛かりで馬鹿馬鹿しい冗談というか、悪戯を考えるとなると、照次意外には考えられないものな」

厚太郎が「ぐしゃり」と音がするほどおおきく顔を崩し、またしても特有の笑いを見せたのであった。

「そう言えば照次が言ってたな。信吾が相手では徹底してやらねば駄目だ。並の仕掛けじゃ通じないって」

言われるなり、照次と信吾がお互いを指差してなにか言い掛けたので、すかさず波乃が言った。

「お二人さん、仲良しだっただけにいい勝負じゃありませんか」

「最後の謎も解けたよ」

信吾の言葉に三人は、一体なにを言いたいのだという顔になった。

「厚太郎さんの江戸言葉の謎ですよ。三間町に宮古屋を出すにつけては、調べごとや契約など、看板を掲げるまで何度も江戸に来てますから、自然と江戸言葉を取りもどせます。一昨日はわたしに京ふうというか、上方ふうの江戸弁というのも変ですが、それで話しました。ところが昨日は、ちゃんとした江戸言葉でしたからね。しょっちゅう江戸に来ていたからできたことです」

「それもあるが、おれと照次は京都へ行っても、二人だけのときは江戸言葉だったんだ。だからむりしないで両方を喋れたんだよ」

「だったら、さらに納得できます」

「それにしても信吾の読みの深さと鋭さには、魂消《たまげ》るとしか言いようがないね。さすが相談屋を続けているだけのことはあるよ」

　照次が厚太郎の言葉を、引き継ぎでもするように言った。

「これで安心だな。なにがあったって、信吾に相談すれば解決してくれるんだから」

「ああ、なんでも相談してください。お二人からは相談料はいただきませんから」

「商売なんだから、そうはいかないよ」

「しかし照次が五年も掛けて、わたしを笑わせてくれたんですからね。お金なんかもらっていたら、罰が当たりますよ」

「あの、よろしいかしら」

　遠慮がちに問うたのは、それまでほとんど黙って聞いていた波乃であった。

「もちろんですよ。もし嫁さんを世話してくれるつもりだったら、兄貴から先に願いますね」

「甘えすぎだろう、照次」

遣り取りを笑って聞いていたが、真顔になると波乃は兄弟に言った。

「お父さま、吉次郎さんのことなんですけど。拘《こだわ》る訳ではありませんが、気になったものですから」

「そうか。話していませんでしたね」と、厚太郎は頭を掻いてから言った。「ちょっと揉めましてね。なんとか説得はできましたが」

「すみませんでした。本当に拘っていませんから」

「隠居には厭《あ》きた。それにわしはまだ五十一と若い。江戸には昔の客もまだまだいるってことで」

吉次郎も江戸にもどって宮古屋を立て直すつもりで、隠居手当には一切手を付けずに貯めていたのである。乗っ取りを企《たくら》んではいたものの、美弥古屋を潰すことなく賢太郎を一人前の商家の主人に育てあげた。それに対する感謝もあってだろう、隠居手当は相場の何倍かであったそうだ。

しかしそっくり貯めはしたものの、見世を出すには足りない。厚太郎と照次もなんとか貯めてはいたが、宮古屋を再開できるかどうか微妙な額であった。だから双方が持ち寄ることにしたが、あるじをどうするかで散々揉めてしまった。

吉次郎はまだまだ若いので還暦まではやれると言い、厚太郎はこの際世代交代すべきだと互いに譲らなかったからである。

「照次がおれに味方したので、とうとう親父も折れてな」

「抜かりがなかったんですね」

信吾がそう言うと、厚太郎は「なんのことだえ」と惚《とぼ》けた。だから信吾は照次に訊いた。

「どういう条件で手を打ったんだい」

「信吾に掛かっちゃ敵わねえな。五年、遅くとも七年以内に暖簾分けをしてもらうってことでな」

「どちらに」

「深川《ふかがわ》を考えている。ちょっと浅草と似通ったところがあるのでな」

大大名の下屋敷が集まっているし、寺も多く、大店の商家も軒を並べている。蠟燭の需要は浅草に匹敵するかもしれない。さすがに商人だけあっていいところに目を付けたものだ。

「かつての奉公人も、ほとんどが江戸にもどることになってな」

厚太郎によると、宮古屋の奉公人だった者は、本店ではどうしても一段下だと差別されていたらしい。

「それに、さすが宮古屋だと一目置かれる手を打っておいたんだ」

仕入れの払いは盆暮れの二回だが、厚太郎と照次は先払いをしたのである。自分たちと父親の資金をあわせて余裕があったのでできたのだが、それがあっという間に評判を呼んだとのことだ。

なるほど厚太郎は、父の吉次郎を超える商人になるかもしれないな、と信吾はそう思ったのである。その厚太郎が言った。

「ともかく今日は平謝りに謝らなければと思っていたが、信吾の寛大さのお蔭で冷や汗を流さずにすんでよかったよ」

「しかし兄さん、けっこう尊大で、とても謝っているようには見えませんでしたよ」

「目一杯お詫びを入れたんだから、今度はこっちの番だな」

照次が呆れ切ったという顔で兄を見た。

「そりゃ横柄だよ。傲慢がすぎるんじゃないかい」

不遜な兄は謙虚な弟を無視していった。

「このまえ言い掛けたら信吾は巧みに話を逸《そ》らせたが、波乃さんとの馴れ初めを、それに赤ん坊のこともきっちりと話してもらわにゃな」

厚太郎が強引とも言える言い方をすると、照次は当然のように同意した。相手から持ち掛けられたとなれば、信吾にはもうなんの遠慮もいらない。

「うまい具合に進んでいたお見合いが、ちょっとしたことで変なことになりかけてね。

そのとき波乃がこう言ったんだよ、こんなあたしでもお嫁さんにしていただけますかって。自分から言い出すなんてはしたないと姉が顔色を変えたけど、そのときの波乃の台詞がすごかった」

わざと言葉を切ったので兄弟が身を乗り出したが、あまり焦《じ》らしては逆効果だ。

「こんな、言いたい放題の自分勝手な娘なんて、信吾さんのほかにもらってくれる訳がありません。まともでない男には、まともでない女しかあわないのですよ」

「まさか」と言いながら、照次は続きを聞きたくてうずうずしている。「言ったの、波乃さん。そんなものすごいことを」

「信吾さんはそう言い張るのですけどね」

「言ったんだよ」と、信吾は兄弟にうなずいて見せた。「お蔭でぶち壊しになりかけたんだけど、祖母が、つまり宮戸屋の大女将がうまくまとめてくれたんだ」

「なんて」

「これを世間では破鍋《われなべ》に綴蓋《とじぶた》と言うのです。破鍋と綴蓋の二つがそろって一つなの、ってね」

「すっげー」と、これは厚太郎である。「しかし、おれたちの祖母ちゃんは死んじゃったからなあ」

となると話は弾んで、留《とど》まるところを知らない。愛娘《まなむすめ》についても話したいことはいくらでもあった。

注連縄《しめなわ》を七五三縄とも書くことから始め、波乃のナミから七と三、信吾のゴから五、それを組みあわせ七五三と書いて「しめ」と読ませることにした、などとおおいに自慢したのである。

そして言ってやった。

「どうだ口惜《くや》しいだろう。だったら早く赤ちゃんを作りな。おッとそのまえに嫁さんをもらうんだぜ」

それからは酒が入ったこともあって、話は弾みに弾んだのである。

ところで咲江が抱き去った七五三がどうであったかというと、途中で目を醒ましたそうだ。そして曽祖母の話し掛けに、ちゃんと答えていたとのことである。

もっとも言葉はわからないし喋れないので、笑顔や驚きの表情で応えたらしい。それがまるで対話をしているように感じられ、「頭の良い子だわ」と咲江は感心頻《しき》りであったそうだ。

信吾と波乃は厚太郎と照次兄弟と、宮戸屋の客出しの時刻まで呑み、そして語ったのであった。

解説

泉ゆたか

気持ちの良い人、というのはとても良い。当たり前のことだが、しみじみそう思う。ほんのわずかな時間を一緒に過ごしただけで、心が洗われたような気持ちになる。自分が善い方向へ進むための、道しるべを授けてもらえたような気がする。

気持ちの良い人は、「本題を早く話せ」と相手をせかすこともなければ、「この話、いったいいつまで続くんだろうなあ……」と退屈している様子を見せることもない。目の前の相手と深く関わり、じっくり話を聞くために十分な時間と気持ちの余裕を持ち合わせているのだ。

その人の周囲では時間がゆっくり流れているような気がして、誰もが身体《からだ》の力を緩めてほっとくつろぐことができる。

気持ちの良い人というのは、きっとそんな人だ。

私は勤め人として働きながら小説を書き、二人の小学生の子供を育てる四十代の母親だ。

私の周囲に、果たしてそんな気持ちの良い人物がいるだろうか。考えてみてもすぐには思い当たらない。

大きな時代の変化に振り回されてばかりのこのご時世。私自身を含めて周囲の誰もが、どうにかしてこの時代を生き延びていかなくてはと必死になっている。

そんな日々を過ごしていると、目の前の現実が少しずつおざなりになっていくのがわかる。

子供たちに話し掛けられると、まずは「ちょっと待ってね」と返してしまう。やるべきことをする時間がない、忙しすぎて一息をつく暇もない、と嘆いてばかりいる。

大切な人たちともっと向き合いたいと思っても、日常の中でまとまった時間と気持ちの余裕を捻出するのは至難の業だ。

しかしこの『おやこ相談屋雑記帳』シリーズの主人公、信吾に出会ってすぐに、私はずっと昔に、彼にそっくりな〝気持ちの良い人〟に出会っていたことを思い出した。

本作、『騙《だま》された！　おやこ相談屋雑記帳』は、『なんてやつだ　よろず相談屋繁盛記』から始まる野口卓氏の大人気シリーズ最新刊だ。

シリーズ第一弾『よろず相談屋繁盛記』の序盤で、主人公の信吾は、幼い頃の病がきっかけで自分がときどき記憶を失ってしまうことに気付く。それと同時に病を経て動物と話をすることができる能力を得たとわかったことから、信吾は己の類まれな能力を世のため人のために使うべく「相談屋」と「将棋会所」を始めると決める。

しかし信吾自身がそう決めたからといって、物事はそうすんなりと進むわけではない。信吾は浅草東仲町の老舗の料亭「宮戸屋」の跡取り息子だ。当然、周囲は困惑し反対する。

だが信吾は、いつも飄々《ひょうひょう》として相手が呆気《あっけ》に取られるほどにまっすぐな姿勢を貫く。凛《りん》として己の意見を述べながらも、目上の人の忠言には素直に耳を傾け、ときには「なるほど」と感心して、己のつまらないこだわりを恥じる。

そんな信吾の姿にいつしか周囲の皆は彼の味方となる。彼は無事に円満に跡取りの立場を弟の正吾に譲り渡し、自らの道を進み始めることができるのだ。

物語は、これもまた一筋縄ではいかない妻の波乃を加えた『めおと相談屋奮闘記』シリーズ、娘の七五三という子宝に恵まれた後の本作が属する『おやこ相談屋雑記帳』シリーズへと続いていく。

本作『騙された！　おやこ相談屋雑記帳』では、信吾のもとに四人の客が訪れる。

第一話「烏《からす》がやって来た」は、烏のカア助を大事に可愛《かわい》がる京作老人の物語だ。京作老人は巣から落ちて怪我《けが》をした烏の雛《ひな》、カア助を、親鳥に散々蹴られ騒がれながらも心を込めて介抱する。世話をするうちカア助といつしか心を通わせることになった京作老人は、嬉《うれ》しい反面、己が死んだ後のカア助のことを案じるようになる。信吾は京作老人のカア助への深い想《おも》いを汲《く》みつつ、彼とカア助にとって一番幸せな形を考え始める。

第二話「相談客にあらず」は、不思議な形式の物語だ。信吾は、日本橋畳町で畳屋を構える備後屋忠治郎の訪問を受け、人の悩み相談を受ける「相談屋」として働くことへの想いを語る。信吾の話に大いに感銘を受け、またその人柄に惚《ほ》れ込んだ備後屋は、今度は己の畳屋の仕事について信吾に説明をする機会を得る。

「話すこと自体は吝《やぶさ》かでないですが、つまらないのですよ」「相談屋さんは相手が人ですが、畳屋が扱うのは畳という物です。わかりきったことをとお思いでしょうが、こういうことなのです」

そう謙遜しながら始まった備後屋の説明は、その世界をまったく知らない者からすると何もかも興味深く楽しいことばかりだ。信吾と共に「ああ楽しかった」と呟《つぶや》いての帰り道、私たち読者は最後の数行の言葉にはっとさせられる。

第三話「親孝行な嘘《うそ》」では、岡っ引の権六親分の息子の吾一が、信吾のところへふらりと現れる。

吾一は定町廻《じょうまちまわ》り同心の若木冠九郎に偶然出会い、とある大事な話を打ち明けられた後に、「親父《おやじ》の権六親分には言っちゃならねえぞ」と念を押されたと話す。

まだ十三歳で、幼さが残りながらも己の力を試したくてたまらない吾一は、若木冠九郎に「たとえ手斧《ちょうな》で背中を断ち割られて、煮え滾《たぎ》る鉛を注がれたって、一切口にしません」と言い切る。

そんな生きることのすべてに気負っている吾一を見守り、導いていく信吾と波乃の夫婦の姿は、どこまでも優しい。

第四話「遠来の客」では、京に引っ越した幼馴染《おさななじみ》の厚太郎が、十五年ぶりに信吾に会いにやってくる。

京に本店がある蠟燭《ろうそく》屋の江戸店「宮古屋」の長男だった厚太郎と、弟の照次は、本店の主人の急死をきっかけに、父に連れられて京へ行くことになった。

厚太郎の京の人らしい柔らかな語り口の謎、「宮古屋」が繁盛していた江戸店を畳んだ真相、しばらくは信吾と手紙のやり取りをしていたが十八で亡くなったという照次、何より厚太郎はいったいどんな用事で信吾に会いにきたのか。

謎が謎を呼び、さすがの信吾も不安を感じるが……。

この話で、読者は信吾と共に、彼を支える妻の波乃の魅力を改めて知ることになるだろう。

信吾の、どこまでも安心感を与える落ち着いた物腰、そして波乃の機転の利いた優しいまなざし。そんな〝気持ちの良い〟若い夫婦の姿から私が思い出した、ずっと昔に出会った、彼らにそっくりな人たち。

それは、幼い私の話をいつもまっすぐに聞いてくれた祖父母の姿だ。

祖父母が亡くなってから、もうずいぶん経《た》つ。

子供たちとの大騒動の中で日々を生きていると、遠い昔の祖父母の声も、顔も、記憶の中から少しずつ薄れてしまうのがわかる。

けれど、私の言葉の一つ一つに微笑《ほほえ》みながら頷《うなず》いてくれた祖父母と過ごした時間、そしてあの満ち足りた気持ちは、今でもはっきりと思い出せる。

時代小説を読む時間とは、ただ舞台を昔の時代に移しただけのファンタジー物語に浸るのではない。今ではもう会うことができない、これまでの自分に優しく真摯に向き合ってくれた年上の人たちの面影を思い出すことなのだと、この作品に教えてもらった気がした。

最後になるが、本作のタイトルが『騙された！』である理由について。

今作の客人たちがそれぞれ、信吾のところへ何をしにやってきたのかに注目して欲しい。

そう、今作では誰も自分が抱えた「相談事」を解決してもらうために信吾の「相談屋」を訪れたわけではないのだ。

「相談屋雑記帳」とタイトルにありながら、これでは「看板に偽りあり」だ。「騙された！」と文句を言ったら、信吾はどんなふうに応じてくれるのだろう。

そんなことを考えたら、思わずふっと笑みが漏れそうな気持ちになった。

（いずみ・ゆたか　作家）

集英社文庫

騙《だま》されたた！　おやこ相談屋雑記帳《そうだんやざっきちょう》

2025年1月30日　第1刷　　定価はカバーに表示してあります。

著　者　野口《のぐち》　卓《たく》

発行者　樋口尚也

発行所　株式会社　集英社

東京都千代田区一ツ橋2-5-10　〒101-8050

電話　【編集部】03-3230-6095

【読者係】03-3230-6080

【販売部】03-3230-6393（書店専用）

印　刷　TOPPANクロレ株式会社

製　本　TOPPANクロレ株式会社

フォーマットデザイン　アリヤマデザインストア　　マークデザイン　居山浩二

ISBN978-4-08-744737-8 C0193